ちくま文庫

つむじ風食堂の夜

吉田篤弘

筑摩書房

目次

つむじ風食堂の夜

食堂

その食堂の皿は本当に美しかった。

何の面白味もない、いたって平凡な白い丸皿なのだが、ひと皿を平らげたあとに現われるその白さが、じつに清々しくてよかった。

よく見ると、皿の白さには無数の傷が刻まれてあり、ずいぶん長いことナイフやフォークやらを相手にしてきたことが窺い知れる。

皿だけではない。

古めかしい飴色のテーブルにも、水の注がれたコップにも、あるいは、漆喰の、もう何色とも言えない不思議な色をした四方の壁にも、大小長短さまざまな傷が重なり合うようにして見つけられた。

「傷は、そこに人が生きていた証しですから」

近所の古道具屋の親父が、そんなことを言っていた。そんなことを言っては、傷ものを売りつけてくるのだが、そうは言っても、傷によっては「得体が知れない」と目を逸らしたくなることもある。

それで言うのなら、その食堂に刻まれた無数の傷たちは、私にはなぜかしら「懐かしい」というふうに思えた。

食べ終えたあとの満腹感もあるとは思う。が、目の前の、白く鮮やかで、それでいて傷だらけでもある皿の美しさに、いつでも「ほう」とひとつため息が出る。そのたびに、「雨降りの先生はまた、ため息だ」と、誰かが茶々を入れた。暖房のきかぬ冬のオンボロ食堂では、ため息ひとつが口から抜け出た魂のようにくっきり宙に浮いてしまうのだ。

もっともその食堂では、誰もがそんなふうに、よくため息をついていた。

「寒い」

「まったく」

客たちは、そうぼやくなり、皆、口々に魂を吐き出した。

食堂は、十字路の角にぽつんとひとつ灯をともしていた。

私がこの町に越してきてからずっとそのようにしてあり、今もそのようにしてある。

十字路には、東西南北あちらこちらから風が吹きつのるので、いつでも、つむじ風がひとつ、くるりと廻っていた。くるりと廻って、都会の隅に吹きだまる砂粒を舞い上げ、そいつをまた、鋭くはじき返すように食堂の暖簾がはためいていた。

暖簾に名はない。

食堂のあるじは「名無しの食堂」を気取ったのである。ところが、十字路にうなる風に巻き込まれた客たちの誰もが、

〈つむじ風食堂〉

と、少し目を細めて、そう呼ぶようになった。

この食堂、まずもって安食堂である。

いちおう、あるじの心意気は、若いときに修業をした「パリの裏町のビストロ」の再現で、なるほど確かに、パリ帰りの心意気が、そこいらの安食堂と一線を画するものにしてはいた。

たとえばメニューブック。

いや、そもそも安食堂にきちんとしたメニューブックが用意してあることからして不思議なことで、よその食堂では、せいぜいプラスティック板にはさまれたペラリの一枚があるきりだろう。あとは騒々しい品書きが壁にずらりと並ぶばかり。それがこの食堂では、壁が静まりかえっているのと引き換えに、二十頁にも及ばんとする本格的なメニューが常備され、その詩集かとも思わせるおもむきが、油にまみれることもなく、いつ見てもパリっとしているのが、まったなかなかに洒落ているのだった。

「なら、その店は食堂じゃなく立派なレストランなんでしょうな」

食堂に行ったことのない古道具屋の親父は、話だけ聞いてそう言うのだが、じつはこのメニュー、開いてみれば何のことはなく、おなじみの定食が名を連ねているだけである。ただ、あるじの心意気はそれなりに反映されていて、たとえば「コロッケ」は「クロケット」、「生姜焼き」は「ポーク・ジンジャー」、「鯖の塩焼き」に至っては、「サヴァのグリル、シシリアンソルト風味」などという訳のわからないものになり変わっていた。

では、何がどうして「クロケット」なのかといえば、件の丸皿に載ってあらわれるのは、おなじみのコロッケとはどこか違う、棒状に近いかたちをした細長俵型の「クロケット」である。添え物も、決して粗雑に刻んだ生キャベツなんぞではなく、柔和な味つけがほどこされた温野菜のひと盛り。これに、ひとまわり小さな丸皿に盛られたライスと、そのときどきの季節のスープが付いてくる。もちろん手にするのはナイフとフォーク。はじめての客が「箸はないの？」と訊いても、あるじは「うちは、これです」と素っ気なく答えるばかり。

このあるじ、なにしろ何を言ってもニコリともせず、ほとんど口を開くこともない。「いらっしゃいませ」「おまちどおさま」「ありがとうございます」。この三つを繰り返し、あとはせいぜい、手伝いで来ている姪のサエコさんに何事か耳打ちするのみ。もちろん魂を吐き出すところなど誰も見たことがない。ウンともスンとも言わない。あるいは彼なりのダンディズムなのかもしれないが、ただ単に愛想をふりまくのが面倒なのかとも思える。万事がこんな印象で、年齢からしてが、四十代のようであり、五十代のようにも見える。逆に言うのなら、若くもなく、大人びてもいない。どこか華のある様子もあるが、それでいて地味にコツコツ目立たない道を歩くようなところもある。ついでに女性客の感想を集めてみると、「いい男」だという意見と「やさ男」だという意見にきっぱり分かれてしまった。

この無口な店主とさかしまに、居並ぶ客人たちは、皆、押しなべて饒舌で、はじめて私が食堂の客になった夜も、店の中にはいくつもの声がひしめき合っていた。

「さあて」

その、ひときわ響く声の持主は、明るいうぐいす色のチョッキを着ていて、その場の誰よりも体の大きい、妙に姿勢のきちんとした男だった。

「さて皆さん、わたしいま一見しますと、こうして月舟町の安食堂で、まぁ、いつもどおり晩飯を食っていると、そう見えるかもしれません。ですがね、じつを言えばわたし、いまコペンハーゲンにいるんです」

誰かが男のことを「帽子屋のおじさん」と呼び、もっと親しげな同じ歳恰好の男が「桜田さん」と呼んでいるようだった。

「なにそれ?」

と、少し離れた席で話を聞いていた背の高い女性が興味深そうに訊くと、

「いや、さっき到着したばかりなんです。いやぁ思ったより早く着きました」

そう言って、「帽子屋のおじさん」らしき「桜田さん」は、もぞもぞっとズボンのポケットを探ると、「ほら、これです」と、小さな黒いものを取り出し、自分のテーブルの食べかけの皿の横にそっと置いてみせた。

皆の視線が集まった黒いものは、プラスティックで出来たマッチ箱大で、何がどう「ほら」なのか、一見するかぎりさっぱり分からない。

「これね、このかわいいやつ」と、桜田さんは嬉しそうにそれを指先につまみ、「いや、こいつがね、〈二重空間移動装置〉というものなんです。小さいでしょ？」と、皆の鼻先をぐるりとかすめて見せた。

「なにそれ？」

と、また背の高い女が訊く。

「いや、だから言ったでしょう？〈二重空間移動装置〉。ね？こいつひとつあれば、ここに居ながら、もうひとつ別の場所にも居られるわけです。分身の術というやつですな。ちょいといいでしょう？」

そう言って桜田さんが、黒いものを「なにそれ」の女性に手渡すと、彼女はしばらく手に取ってしげしげ眺め、それから、

「なによこれ、これってただの……」

言いかけたところで、

「いやいや、ただの万歩計じゃないんです！」

桜田さんが急に大きな声を出し、それからぐっと声色を変えてこう続けた。

「いや、こないだわたしね、帽子屋って稼業はいったい何なのかなぁ、と考えてみたわけです。でね、ちょっと考えてるうちに分かっちゃった。つまり帽子ってのはね、あれですよ、外出、お出かけね、そのためのもんなんです。でしょう？　誰も家ン中で帽子なんかかぶらない。つまり、わたしの商売は外へ出てゆく人たちのためにある。そういうことなんです。ねぇ？」

と、言われても、皆、聞いているのかいないのか、誰ひとりとして相槌も打たず、いつのまにか黙々とフォークやスプーンを口に運んでいる。

「いや、ですからね、帽子屋っていうのは帽子だけじゃなく、お出かけに関するものをもっといろいろ皆さんにお勧めするべきじゃないかと思った次第なんです」

「勧めなくて結構」と誰かが言い、

「お出かけなんて、めったにしないんだし」と誰かが言った。

「そこなんです」

桜田さんは、その誰かに向かって「パン」とひとつ手を叩いてみせた。

「その、めったにお出かけをしない人にこそ、この〈二重空間移動〉……」

「万歩計でしょう？」

誰かが訂正。

「いや、万歩計だけど」と桜田さんはひるみもせず、「そこへわたしなりのロマンを乗っけて」

「いいよ、乗っけなくて」

「いやいや、乗っけさしてくださいよ。だってね、こいつひとつを腰にぶら下げておくだけであなた、どこへでも行けちゃうんです。たとえばわたしの場合、コペンハーゲンですよ。ね？　あんな遠いところです。それを目標にしちゃう。いや、自分で決めちゃえばいいんです。あと十万歩あるいたらコペンハーゲン到着ってね」

「なんなのコペンハーゲンって？」

おそらくは、皆が同じ疑問を抱いていた。

「いや、遠いじゃないですか。実際、遠いですよコペンは。でもね、こいつひとつあればそんな遠いところの夢だって見られるわけです。いや、もちろんコペンハーゲンじゃなくてもいいんですよ。たとえば……そう、ジュネーヴとか、あるいは……イルクーツクとか。いかにも遠そうじゃないですか。そして行ってみたい」

「俺はイルクーツクなんて行ってみたくない」と、誰かがすかさず反抗してみせた。

「いや、僕はイルクーツクには、ちょっと行ってみたいと前から思ってました」と、ひとりの青年が静かに手をあげ、さらなる反抗をしてみせた。

「きっかり三千五百円！」

桜田さんがひと声あげると、

「高い」

「なにがきっかりなの？」

「三千五百円あったら、貝柱の天丼がぎりぎり三回食えるものなぁ」

「あのね」

突然、背の高い女が皆を制するように言った。

「だいたい、あれじゃない？　ここに来てる客は、だあれも遠くへなんか行きたくないんじゃない？」

すると、皆が彼女の方を見て、

「そう、それだよ」

「しかしまぁ、本当を言えば行きたくないっていうわけでもなくて」

「そう、つまり、あれだ」

「出ていけないってことだろ？」

「そう、それだ」

「いや、ちょっと待って。そう、それだって言いますけど、それってどうしてなんです？」

帽子屋の語尾が「すう？」と裏返って店じゅうに響き渡った。

「どうして、出ていけないんです？　おかしいじゃないですか。わたしが皆さんにお訊きしたいのはそこなんです」

帽子屋は、風呂でのぼせたみたいに顔が赤くなり、少し鼻息も荒くなっていた。

「ごちそうさま」

「ごちそうさま」

皆が次々に立ち上がり出したので、私もいったんはつられて立ち上がったものの、まだ皿の上のクロケットが手つかずのまま残っているのに気付いて、また座り直すなりフォークを握りしめた。

帽子屋は、心なしか唇をぐいと嚙み、自分の白い丸皿を見おろしている。

「ごちそうさま」

つぎつぎ声が遠ざかってゆくのを耳にしながら、私はひとり黙ってクロケットを口に運んだ。冷めかかってはいたが、ほのかな甘味を隠しもつ上品な味で、思いがけないほど舌に優しい。しばし無心になって食べ、やがて食べ終わろうとしたとき、煙草のけむりがひとすじこちらへ流れてきて、そのけむりの向こうにまだ帽子屋がぼんやり居残っているのが見えた。ポケットから小さな黒いものを取り出し、ふたを開くと、けむたげな顔で煙草をもみ消している。

気付くと、食堂にはもう私と彼のふたりだけしか残っていなかった。

時計の音だけが聞こえる。

それがそのうち、視界の下の方に何やら白いものが横切り、「おや?」と思う間もなく、白いものは黒に変わり、それからまた白くなって、のんびりこちらへ向かって歩いてきた。

「あ、オセロ、駄目」

ふと、サエコさん——という名前は、そのとき知らなかったが——の声がして、彼女がその白く黒いものに忍び寄ると、それはするりと身をひるがえし、白になったり黒になったりを繰り返して、「に」と一文字だけ鳴いてみせた。

猫。

「オセロ」という名のとおり、体の片側半分が白毛、もう半分が黒毛というチビ猫で、本当に誰かがいたずらで塗り分けたのではないかというほど、きっかりまっぷたつの白と黒に染め上げられていた。彼――オスなのだ――が西から東へ向いて歩けば、南側の人は彼を「黒猫」と認め、北側の人はきっと「白猫」と信じて疑わない。

「ごちそうさま」

猫に気をとられるうち、またそんな声がしたのでそちらを見ると、ひときわ大きい桜田さんの後姿がそこにあり、いままさに食堂から出て行こうとしているところだった。

急いで私は立ち上がり、口に残ったものを水で流し込むと、

「ごちそうさま」

テーブルに代金を置き、ぎくしゃくと上着に袖をとおしながら、食堂の外へ飛び出した。

だが、越して来たばかりの町で、右も左も分からない。

ただひとつ、食堂からこぼれ出たあかりが、十字路にくっきり私自身の長い影をつくっていた。

と、影の先を視線が追ううち、そのずっと向こうに、うぐいす色のチョッキがほの見えるようで、それがまた、信じられないスピードでどんどん遠ざかっているような気がする。

そうなのだ。あの人はもう次の「遠い」行き先を目指している。

思わず「おおい、帽子屋さん」と声が出た。

あとになって、あのときあんなにあわてなくても、次の日また食堂に行けば、難なくうぐいす色のチョッキを見つけられることを知ったのだが、そのときは、その機会を逃したら、一生私は遠くへ行くことが出来なくなる——そう思いこんでいた。

「三千五百円なら安いものだ」

つぶやいて、もう一度、

「帽子屋さあん」

と声をあげた。

そのとき。

足もとにからみつき、行こうとする私をしきりにはばむものがあった。猫かとも思ったが、白くも黒くもなく、正体が見えない。

だが、分かった。

音がしたのだ。音がして、そのあたりのあらゆる塵芥が巻き上げられ、それからすごい早さで旋回が始まった。

つむじ風だった。

エスプレーソ

私の父は手品師であった。

それも、右手と左手だけが手品師であり、あとの残りの部分はごく普通の父親だった。

父が舞台に立つとき、かならず特別な幕がおろされ、そこには直径十センチほどの穴がふたつ並んでいた。幕裏に立った父は、その穴から観客へ向けて右手と左手を突き出すのだが、客席から眺めると、暗い舞台におろされた幕の真ん中にスポットライトが当たり、そこにふたつの手が宙を泳ぐように浮かんでいた。黒ビロード地のジャケットに包まれた袖口から絹の白シャツが光り、その黒と白が右から左、左から上へ、あるいはくるりと一回転し、二尾の魚のように動き回る。動き回るだけでなく、そのふたつの手が次々と手品をしてみせた。何ひとつ説明もなく、ただ淡々とふたつの手が、花や小鳥やワイングラスをどこからか取り出してゆく。

父はずっと若いころから、このスタイルで舞台に立っていた。

「俺が自分で発明したんだ。誰に教わったわけじゃなく」

ことあるごとに父は言っていた。

「ふたつの手だけで十二分間の手品ショウを見せるのは、並大抵のことじゃない」

それが自慢のようだった。

「手品ってのは、文字どおり、手が何かを取り出したり消し去ったりすることなんだ。手だけありゃあ、それでいい。いや、そうでなくっちゃ、本物の手品とは言えないね。だいたい俺に言わせりゃ、だぶだぶした上着をはおったり、妙ちきりんなバカでかい帽子をかぶったりしてんのは、どいつもインチキだよ。もっとも手品なんてもんは、インチキをいかに芸術にしてみせるかってことなんだがね」

舞台上の父は、十二分のあいだ、ひとことも口をきくことがなかった。その反動だったのだろうか、ひとたび舞台を下りると本当にくるくるよく喋り続けた。

「俺は、確実に口から生まれたね。朝なんかも口から起きるし。いや、自分の寝言で目が覚めちまうわけさ」

父が専属で出ていた劇場は、地下のフロアに小さなコーヒースタンドがあって、その裏手が楽屋への通路になっていたから、客と出演者の双方がそのスタンドに寄り集まり、ごくふつうに隣りあってコーヒーを飲んでいた。大道具係もプロンプターも切符のもぎりまで、皆が、そこにやって来てひと息入れる。そして、父がそこにいるときは、誰もが父のおしゃべりに耳を傾けていた。

「ああ、こいつ俺の息子な」

父は誰へともなくそう言い、かならず私の右手を握りしめて高く差し上げた。

「こいつばかりは手品で取り出したんじゃないよ」

私はまだほんの子供で、コーヒースタンドのカウンターがやたらに高く見えた。カウンターはまるいドーナツ状になっていて、どこに座っても、向こう側に見知らぬ大人の顔がある。

父は土曜と日曜、かならず私を劇場に連れてゆき、まずコーヒースタンドに直行すると、

「おーい、エスプレーソひとつ。それと、こいつにはココアか何か」

そう注文して新聞を開いた。「エスプレーソ」と父は言っていた。「砂糖はいらない」。これがお決まりの文句だった。

あのころの土曜と日曜は、いまとまったく別の時間が流れていた気がする。何より、誰もがゆったりしていた。のんびりと煙草のけむりが漂い、新聞をばさばさやる音が夢の中のようにぼんやり聞こえていた。劇場そのものが古い建物だったせいもあるのだろうが、あのドーナツカウンターで「ココアか何か」を飲んでいた自分は、はたして本当にあそこに居たのだろうかと疑わしくなる。

が、ひとつだけ確かなことがあった。

ドーナツの中心に据えてあった不思議な銀色の機械。

私は、そこにいるとき、飽くことなくそればかり見つめていた。それはイタリア製で、父が注文する「エスプレーソ」をつくる機械なのだと誰かが教えてくれた。確かに「エスプレーソ」の注文の声を聞くと、タブラさんが「はい」と応え、すいと背筋を伸ばしてその機械の前に立つ。

タブラさんというのは、そのコーヒースタンドのマスターで、ちょっとばかり――というかかなり――おかしな人だった。いつでも細身の白い蝶ネクタイが二十五度くらい曲がっていて、きっちり真ん中から分けた頭髪を、一分の隙もなくポマードで固めている。

本当はタムラさんという名前なのだが、皆が、タムラさん、タムラさん、タムラカタブラ、アブラカタブラさん、などと妙な調子をつけて呼ぶうち、いつのまにかタブラさんになってしまったのだと、後になって父に聞いた。しかし、どう呼ばれようとも、タブラさんは「はい」とひとつ返事をするだけで、常に黙々とコーヒーをいれ、ティーカップにレモンのスライスを添え、それから慎重な手つきでサンドイッチを切り分けたりしていた。慎重でありつつも、どこか抜けたところのある人で、紅茶を頼んでいるのにソーダ水をつくってしまい、失敗に気付くと、とろんとした哀しげな目つきで、「だめだ、だめだ」と、いつまでも首を横に振っていた。

他のことはともかくとして、私はタブラさんのことなら、詳細な解説書をつくれるほどに覚えている。

それはタブラさんが忘れ難い独特な雰囲気をもった人だったからではなく、タブラさんとあの銀色の魅惑的な機械が、いつでもひとかたまりになっていたせいである。本当を言えば、私が覚えているのは機械の方であり、タブラさんはその延長線上にあるひとつの事象でしかない。

タブラさんは手が空くと、きまって機械の傍らに立ち、水色の柔らかい布でそっとマシーンを磨いていた。マシーンの表面に、タブラさんのくっきりした二重まぶたの目が映り、時には「じろり」とこちらを覗き見ているような気がしたものだ。

なんだか、タブラさんもまた手品師のようだったのである。

手品師の操る機械だから、それはまったくの魔法で、どこがどうなっているのか、確かにそこからあの苦いコーヒーが絞り出され、すべての終わりには、生き物のようにシューッと長いため息をついた。得体の知れない細長い把手がついていて、それが生き物の尻尾のように見える。

神秘としか言いようがなかった。

いや、もちろん、そのころの私は「神秘」などという言葉を知らなかったから、まずは「びっくり」というところだったろうか。

もちろん、父の手品もそれなりに「びっくり」なものではあったが、それを他ならぬ父がおこなっているということで、肝心の神秘の力が半減されていたのだと思う。父は本当に右と左のふたつの手だけが手品師なのであり、あとはきわめて普通のどこにでもいる父親でしかなかった。

象徴的なのは父の舞台衣装で、それは左右ひと揃いの袖口だけなのだ。

「どうせ袖口しか見えやしないんだ。これでいい」

父の革鞄には、黒ジャケットと白シャツとを縫いあわせた袖口の部分がいくつも仕舞われてあった。

一度だけ出演中の父を舞台袖から覗き見たことがあったが、幕一枚を隔てた、あちらとこちらに二人の父がいるのがあまりにあからさまで、何か生々しい秘密を見せられた思いがし、それきり二度と覗くことが出来なかった。ふたりの父のうちのひとりは、幕裏で息を殺している、いつもどおりの猫背でずんぐりした父であり、もうひとりは、袖口だけの神秘的で華麗なる父であった。

ときどき父は、その奇妙な衣装のままドーナツカウンターにあらわれ、

「タブラさん、エスプレーソ。砂糖はいらないよ」

そう言ったきり、家では見せたことのないような、ひどく疲れた顔のまま黙りこくっていることがあった。

私は、なるべく父の顔を見ないようにし、銀色に輝くエスプレッソ・マシーンばかりを眺めていた。そうして、その先につながっているタブラさんの所作のひとつひとつを、まるで何かの儀式を習うように追っていたのである。

エスプレーソ。

タブラカタブラ。

シュー ッ。

たちこめる蒸気に、一瞬、父の顔がふっと消えて見えなくなった。

顔だけではなく、父がまるごとこの世から消えてしまったのは、ちょうど私が、人工降雨の研究に着手したころだった。父は何も言い残すことなく、それこそ手品の人物消失のようにあっさりと逝ってしまったのだ。

私はすでに家を出ていて、父母とは遠く離れて暮らしていたこともあり、特に父とはずいぶん長いこと話をしていないままだった。ただ、いつのことだったろうか、一度だけ「お前このごろは何やってるんだね?」と電話をもらったことがあり、そのときの父はとても穏やかで、自分はもう手品の仕事は引退し、最近は小説を書いているのだとそう言っていた。

「小説？」

「そう。それもな、本物の小説なんだ」

本物の小説というのが何のことなのか分からなかったので、よくよく訊いてみると、

「いや、あれだ。自分のことを書いてる」

「自分の？……って、手品のことか何か？」

「そう、手品。あのな、俺はこのごろ新しい手品の夢を見るんだな。これが、なかなかいい。これはな、お前だけに言っとくが」

急に父は、わざとらしい咳払いをひとつすると、それから声をひそめてこう続けた。

「……虹をな、つくる手品なんだ」

あとで母に訊いてみると、虹の手品の夢はほとんど毎晩見ていたらしく、それを朝の食卓で、母にこと細かく話して聞かせるのが父の日課になっていたようだった。

「お前だけに」などと言っていたくせに、父は母のみならず、会う人すべてに、

「虹の手品というのを考えておりまして……」

と報告していて、葬儀の席で顔を合わせた人の大半が、そのことをよく知っているのだった。

「あの……お父さんはどうやら……虹の手品の構想を持っていらっしゃったようです」

「私だけに話してくださったようで……」

皆、ひそひそと耳打ちするように私に話しかけ、秘密を共有したしるしのように、無言の相槌を繰り返して去って行った。

後日、それがいったいどんな手品であったのかと、母に訊いてみると、

「他愛ないのよ。こう、なんだか両手を閉じ合わせてね、それをゆっくり開いてゆくと、手と手のあいだに淡くてはかない虹が出来るんだとかなんとか……悪いけど、わたしもよく聞いてなかったのよ。だいたい人の夢の話聞かされるのってつまらないじゃない」

「じゃあ、小説っていうのは？」

「しょうせつ？ってなんのことなの、それ？」

そもそも、父は手品そのものを構想していたのか、それともそれを題材とした小説を構想していたのか、それすら正確には分からなかった。もっとも、父にしてみれば、そんなことはどちらでもよかったのだろう。

「本物の手品」と、いつも父は言っていた。

「本物の小説」とも。

父はいなくなってしまったのに、私はそれから、しばしば父の声を聞くようになった。

「タブラさん、エスプレーソ」

「エスプレーソ。砂糖はいらないよ」

もちろん空耳なのだが、その声は、あのときの少し疲れた父の様子を思い出させる。

私は、形見として父の「袖口」をひと組受け取り、それを机の前の壁に画鋲で止めてぶら下げておいた。

私はなぜか子供のころから雨が好きだった。特に音もなく静かに雨が降っていると、用もないのに雨の中を歩きたくなる。

「へんな人」

学生のとき、ガールフレンドがよくそう言っていた。

「そう？ 僕は将来、雨を降らせる仕事に就きたいと思ってるくらいなんだけど」

「えっ？」

「いや、仕事というか、人工降雨というものを、ちょっと研究したくて」

「人工降雨？」

彼女は「まったく興味が持てない」という顔をして、それからしばらくどこか遠くの方を見るような目になった。

それでも、春の午後に、ほんのりした気分のいい雨が降っていたりすると、気の乗らない彼女を誘って、よくデパートの屋上を散歩したものだった。誰もいなくて、静かで、そのうえ広々して、雨に濡れたホットドッグの屋台があり、雨に濡れた小さな回転木馬があった。乗る客もいないのに、回転木馬には色とりどりの電飾が灯り、手すりの隅にガムテープで止めたぼろぼろのスピーカーから華やかな音楽が流れ出ていた。そこには係員さえいなかった。

「ほら」

私は彼女を屋上のへりまで連れて行き、そこから、金網ごしに雨に濡れた街を眺めおろした。

「すべて平等に雨が降ってる」

それは、前の日から考えておいた、雨の日のデートにおけるとっておきのセリフのつもりだった。正確に言うと、すでに一週間くらい前から準備していて、そのセリフを彼女の前で言いたくて、それこそ雨乞いまでしていたのだった。

「そうね」

こちらの意に反し、彼女はやはりどこか遠くの世界の方へと視線をさまよわせ、それから、

「でも、雨って、そのうちやむからいいんじゃないの？」

さも当たり前であるようにそう言った。

「え？」

「だって、やまない雨ってないわけでしょう？　やむって知ってるからいいんじゃない？　こんな調子でずっと降っていたら、女の子はみんな前髪がおかしくなるもの」

そのときの彼女の言葉が、いまでも頭の中に繰り返され、そのたび私は思わず「え？」と声が出てしまう。前髪のくだりではなく、「雨って、そのうちやむからいいんじゃない？」というそのひとこと。その声がどこからともなく聞こえ、そうしてあの回転木馬が頭の中に廻り始める。

「だって、やまない雨ってないわけでしょう？」

木馬は雨に濡れながらきらびやかに廻り、虎がバターになる如く、それがい

つのまにかあのドーナツのかたちをしたコーヒースタンドへ姿を変えている。

「タブラさん」

と、もうひとつ別の声まで聞こえてくる。

「砂糖はいらないよ」

月舟アパートメント

夜。

拍子木の音がしている。

火の用心が往くのだろう。遠い音だ。

この屋根裏部屋では、あらゆる音が遠い。車の排気音も街ゆく人の声も、犬の遠吠えすら遠い。遠吠えが遠いのは当たり前か。いやしかし、遠吠えにもそれなりの程よい遠さというものがあって、本当に遠い「遠吠え」など、なんだか切なくて落ちつかなくなる。

はたして、あの犬は何に向かって吠えているのか？

ついそんなことを考えてしまうのだが、考えてみても答えなど出ようがない。

どこか「遠く」に向かって吠えている。そう言ってみるしかないだろう。

しかしそうなると、犬の声を遠くに聞くこちらの所在こそ、かの犬にとっての「遠く」ということになり、話はいよいよややこしくなってくる。

ブルンとくる底意地の悪い寒さに頭ばかり冴え、ついつい、ややこしいことを考えてしまいそうだから、やはり今夜も湯気のたつ皿を前にして、だらりとほどけてしまった方がいいのだろう。

月明かりの部屋の中で、腕に巻いた夜光時計の針を見ると、いつも、その日の終わらんとする頃合いになっていて、まるめて打ち捨てた板チョコの銀紙と、まるめて打ち捨てた書きぞこないの原稿用紙だけが、部屋のあちこちでつぶやくように転がっていた。

そもそも都会の喧騒にうんざりし、それでも街を離れられず、なんとかこの屋根裏の静寂を探し当てたというのに、一張羅のコートをひるがえして階段をおりるときは、自然と足がはやっているのに気付いて思わず苦笑してしまう。はやるあまり、階段に足がもつれてこんがらがったりする。

これがまた急な階段なのだ。

いちど数えてみたが、屋根裏の七階から地上に降り立つまで、わずか三十六段しかなかった。一階あたり六段という計算になる。こうなると、のぼるときには、ほとんど「よじのぼる」という感じに近い。そういえば、数えたのはそうして上るときのこと。人は上るときにだけ階段の数を数える。おりるときに数えるという人に会ったことがない。

階段をおりきって振り向くと、わがアパートメントは舞台装置の摩天楼のように嘘っぽくそびえていた。入口は、どう考えても設計ミスとしか思えないほど狭く、その狭さと不釣り合いなくらい大きな看板がピカついている。このアパートメントが出来たときからの看板だというから、もう三十年にならんとする年季ものだが、今でもピカピカなのは、管理人にして家主でもある細野のおばさんが、毎日朝いちばんに磨き続けてきたからなのだろう。

〈月舟アパートメント〉

看板にはそう彫り込まれてある。もともと六階建てだったのを、家主が気まぐれを起こして、あるとき屋根裏を付け足したものらしい。実際には屋根裏というより、ひとまわり小さなワンフロアが乗っているかたちなのだが、法に触れてしまうのか、

「いや、あれは屋根裏部屋です。うちは六階建てだから」

そう言って細野のおばさんは絶対に譲ろうとしない。そのくせ、手渡された「家賃納金手帳」には、はっきり「七〇一」と当のおばさんの字で記してある。ひとまわり小さなフロアなので、真下から見上げると、七階の屋根裏は確認することが出来ない。まったくあるようでないような部屋なのだ。

アパートメントを背にして細い路地を少し歩くと、右手の角に豆腐屋が一軒あらわれる。その真向かい、すなわち左手の角にもそっくり同じ豆腐屋があらわれる。じつは同じひとつの店で、言ってみれば豆腐屋の中を突き抜けるようにしてアパートメントへの路地が仕組まれてある。こちらから豆腐屋を抜けてゆけば、そこからささやかな商店街へと出る。

必然的に私は、どこへ出かけてゆくのにもこの豆腐屋を通り抜け、ついでに

水槽の中に沈んだ豆腐たちを覗いてみたりしている。左右どちらの店にも同じ水槽があり、同じようにいきいきした豆腐たちが重なりあっている。豆腐屋は私の寝ぐらと町とを結ぶ門のようなものだから、そこはさしずめ「水門」と言ってよかった。

「さぁて、見てばかりいないで買いましょう」

豆腐屋の主人は必ずそう声をかけてくるが、この主人、私の胸の中では水門の門番なのである。

「で、何?」

というのが、この主人の口ぐせで、何を言うのにもこれが頭に付く。

「で、何? 先生は独身なんだっけ?」

「で、何? 先生はいくつなんだっけ?」——等々。

この町で私は、なぜなのか「先生」と呼ばれるようになってしまった。越してきたばかりのころ「どちらにお住まいで?」と訊かれ、月舟アパートの屋根裏です、と答えたところ「あそこですか……」と絶句するので、「いや、私は雨を降らせる研究をしているので、空に近いところがいいのです」と冗談のつもりで言ってみたら、それがまたたく間に町内に広まり、次の日からどこへ行っても「雨降りの先生」と呼ばれるようになってしまった。以来、「独身？」と訊かれれば「秘密です」と答え、「いくつ？」と訊かれたら「永遠に十九です」などとはぐらかすことを覚えてしまった。

「おお、先生も十九か。俺も十九。同い年ってわけだ」

豆腐屋の主人は歯ぐきを見せて笑い、

「あんたたち、ふたり足したら八十にもなろうっていうのに」

おかみさんの方は、鼻で笑って愚かな男たちを憐れんでみせた。

朝や昼ならば、水槽をなぶった風がひんやり吹いてきてそれなりに心地よいのだが、夜の夜中にはそれもシャッターに閉ざされ、門番もそのおかみもぐっすり寝静まって音沙汰ない。つま先立つようにそっと夜中の水門をくぐり抜け、すっかり寝静まっている商店街へと出た。

数十メートルの先に、やんわりひとつあかりが滲んでいるだけで、見事なまでにすべての商店がシャッターを降ろしている。もっとも、昼の日中に歩いてみても、ぱっとした商店などひとつもなく、やっているのかいないのか判然としないボタン屋であるとか、まるでひとけのない時計屋などが居並ぶばかりだ。この商店街はゆるい坂になっていて、私が食堂へ行く夜おそい時刻になると、かならず足もとのコンクリートの下から水の流れる音が聞こえてくる。坂の上の銭湯が、その時間に湯を抜くのだろう。それが、足下の水道管をとおって川のように流れてゆく。

私は、街の人々の一日の汗だの疲れだのをためこんだ湯とともに、坂下のあかりを目指してひとり歩いてゆく。あまりに静かで、ときどきくしゃみなど出ると、それがオペラの舞台のように響く。

そうして五分も歩けば、あかりのもとにたどり着くが、そこが目指す食堂ではない。そこは、唯一夜おそくまで店を開けている果物屋で、他が閉まっているせいなのか、店先に立つと、わずかな光であってもじつに心強く明るかった。

「こんばんは先生。これから御飯ですか？」

果物屋の主人はまだ若く、私の記憶に間違いがなければ、あの最初の夜の食堂で、「イルクーツクに行きたい」と手をあげた青年ではなかったろうか。いつ通りかかっても彼は本を読んでいて、夜になるとページをめくる手元にオレンジをいくつもごろんと並べているのが妙だった。

「なんのおまじないです?」

あるとき訊いてみたら、

「こうするとオレンジに電球の灯が反映するでしょう? 本を読むのにちょうどいいぐあいの淡い光になるんです」

なるほどたしかにオレンジ色の果皮はわずかな光を甘やかに反射し、自ら発光しているかのようにほのぼのと明るい。まるで、月そのものがごろんとしているように。

「果物屋一軒でもやっていれば、少しは明るくて安心でしょう?」

彼が深夜にまで店を開いている理由もそこにあった。

彼自身は決して明るいタイプの人物ではないけれど、少なくとも私は毎夜そこを通るたび、果物たちの放つ光のほこらを通り抜けるような思いを味わうことができた。

「いまさっき、帽子屋さんが、銭湯の帰りだって言いながら食堂の方に行きましたよ」

思わずズボンのベルト止めにぶら下げた〈二重空間移動装置〉に触れると、それが生きた鼓動のようにカウントし続けるのが指先に伝わってきた。

結局、その〈装置〉を帽子屋さんから購入したのは私ひとりで、それだけで私はすでに皆から「変わり者」の称号を授かっていたのだった。


食堂は夜のあいだしか開いていない。

開店は六時で、閉店時間は定まっていなかった。だいたい深夜の二時をまわったころに客は消え、私が知るかぎり、そのあたりで暖簾がしまわれていた。

商店街をはずれ、路面電車の踏切を向こうへ渡ってしばらく行ったところが十字路になっていて、踏切のあたりまで来ると、もう暖簾が白くはためいているのがはっきり見えた。

たいした風のない夜でも、暖簾はなぜかいつ見てもはたはたと動いている。風ではなく、もっと別の何かが暖簾をはためかせているのかもしれない。つい そんなことを考えさせられるのだが、風は風でまた生き物のごとく自在に街のなかを動きまわっているように思えた。

ときに風は私を追い抜いてゆき、街角で待ちかまえて、不意打ちを食らわしてくることもある。それは常にゆるやかな回転を保ち、突然怒りをあらわにするように、唸りをあげて足もとから立ち上がってみせたりする。

だが、いったんこちらが食堂の中にはいってしまうと、風は掃除機に吸い込まれたかの如くふっつりと姿を消し、その音も、その気配すらも窺うことはできない。

それがまた、この夜おなじように繰り返されていた。

私は急いで暖簾をくぐると、食堂の中のどこか適当な席に腰をおろし、息を整えるべく胸のあたりを押さえ込んだのだが、まだ凪のざわめきが身のうちに残っていて、思うように平静を取り戻すことができなかった。

「凪？」

と、帽子屋さんが少し離れた席から私に声をかけ、その声に反応したのか、背を向けていた奈々津さんが、ひょいとこちらを振り向き、そしてまたすぐにむこうを向いて食事を続けた。

彼と彼女と私のその三人が、その時間の決まった常連だった。

奈々津さんというのは、あの最初の夜、帽子屋さんに冷ややかな言葉ばかりを投げかけた背の高い女性のことで、我が〈月舟アパートメント〉の五階に間借りしている、言わば同じ屋根の下の同居人だった。背の高さに見合ったすらりとした脚を持っており、背の高さに見合わない、そこだけ生意気な少年じみた顔が備わっていた。いつも眉間にしわが寄っているような、ちょっと困ったような顔をしている。

「奈々津さん、しわが出てますよ」

しわに気付いたときは、食堂のサエコさんが小さな声で注意する取り決めになっていた。奈々津さんはじつを言うと舞台女優なのである。しわが気になり、気になるあまり、また眉間にしわが出て仕方ない。

「ありがと。でももういいの。どうせわたしには主役なんてこないんだし」

どうやらそのようで、所属する劇団にはすでに人気の看板女優がいる。奈々津さんは二番人気で、かならず看板女優と対立する役どころがまわってくるらしい。白熱の対立シーンでは、眉間にしわをたてて怒ることもあるという。

「じゃあ、眉間にしわがあってもいいじゃない」

と、帽子屋さんが指摘したら、

「あのね、眉間にしわを寄せることで怒りを強調してるのよ。はなっからしわが寄ってたんじゃ、強調にならないでしょ？」

あっさり言い返されてしまった。言い返すその眉間のしわが、またひときわ深い。

「そんな居直っちゃいけないねぇ。主役がまわってこないとも限らんもの。まだ若いんだから、自信をもって」

帽子屋さんも負けじと切り返したのだが、

「若くないし、自信ないし、主役こないし、居直るしかないの」

奈々津さんは帽子屋さんの顔を見ようともしなかった。

「お説教ばかりして。何様のつもりよ？」

プイと向こうを向き、小さな声でそうつけ加えた。

「いや、あたしはね、お説教してるんじゃありませんよ。あなたを励ましてるんです。自信がないって言いますけど、まぁ、ほんと言うと自信なんてもん持たなくっていいんですよ。というよりね、自信持ってるなんて言ってる連中は、皆、錯覚してるだけなんです」

「先生、ご注文決まりました？」

突然、サエコさんが、帽子屋さんの演説をさえぎるように私に訊くので、

「え？　ああ……ええと、あの」

迷っていると、

「ほら、わたしは、そんなふうに、『ええと……』って自信なさそうに迷ったりするのが大嫌いなの。だからわたし、いまのわたしがいやなのよ、わかる?」

奈々津さんが向こうを向いたまま、ナプキンで口もとをぬぐいながらそう言った。

「クロケット定食!」

急いで私は、きっぱり注文したのだが、今度は帽子屋さんが、

「いや、人間てのは、そもそも自信が持てない生き物なんです。それがいいとこなんです」

と、結論じみたことを言い始めた。

「なのに、無理やり自信を持とうとするから争いってもんが起きるんです。自信ってなんです? しょせんは他の人に優るってことじゃないですか。違います?」

「そうかなぁ?」

つい、私は口をはさんでしまった。

「いや、僕なんかは、自分が納得できれば、それでけっこう自信が……」

「だからね、その納得っていうのが、他人に優ることで得られる場合が多いってことなのよ」

応えたのは奈々津さんの方だった。

「あれ？　奈々津さんはいったいどっちなんです？」

「どっちでもないの。説教する人もいや。迷う人もいや。もう沢山」

さっと立ち上がって、それから彼女は私の方に少し歩み寄り、

「特に、迷う人が嫌い」

そう言って、テーブルに千円札を二枚置いた。

「おつりいらない。そのぶんオセロにおごる」

空いた席で居眠りをしていたオセロの頭をひと撫でし、「ごちそうさま」と、背を向けたまま食堂を出て行ってしまった。

目を覚ましたオセロが、立ち上がってあたりを見渡し、それからおもむろに

ぶるぶるっと身体を震わせ、さっきと方向を百八十度変えると、同じ椅子の上にごろりと横になってため息まじりに目を閉じた。白が黒へとあざやかに転じている。

「かっこつけちゃって」

帽子屋さんが、ふっと笑い、「馬鹿みたいだ」と、飲み残しのビールをあおりながら言った。「ねぇ、先生？」

そうかもしれない。

でもやっぱり、人が何より欲しいのは、「自信」なのかなと思う。それさえあれば、すべてうまくゆくような気がするから。私だって、果物屋でそいつを売っていたら、毎日欠かさず買っているに違いない。でも——。

「でも、僕が思うに、奈々津さんは、これからきっといい女優になりますよ」

「そう？」

帽子屋さんは、私のすぐ隣の席にやって来て横目でこちらを見た。

「どうして分かるんです？」

「いや、ええと……」

「あ、先生、その『ええと……』がいけないらしいよ」

「いや、じつを言うと、僕は昔、ほんのまねごとなんですが、芝居をかじったことがあって……学生のころですよ」

「ほう、そうなんだ。先生も役者志望だったわけか」

「いや、ええと……僕は書く方で。ホンを」

「あ、そうか。そりゃあ、そうだな。先生は背が低いしなぁ。役者向きじゃないもの」

そのとおり。私は背が低いので役者をあきらめたのだった。思えばまったく自信なんてものを持てなかった。いや、本当はそうじゃない。自信が持てなかったことを、背が低いことのせいにした。それが正しい。

その証拠に、私は台本書きもままならなかったのだから。

食堂を出て十字路に立つと、待ちかまえていたかのように風が足もとにからみついてきて音をたてた。

「じゃ、また明日」

いつものように帽子屋さんは街の南へ、私は街の東へと帰る。来た道をそのまま帰るのだが、夜は、さらにもう一枚ベールがかかったように闇が濃くなっていて、見上げた空には、切れ目のない雲がどこまでも続いていた。月がない。星もない。終電も行った。静まりかえった踏切を渡りながら、鈍い光を放つ冷たいレールを眺めた。

ちょうど果物屋もシャッターを降ろしたところらしく、わずかな光がほんの隙間から路上へこぼれ出ている。

私は、自分が学生のころに書いた芝居のセリフを思い出そうとしながら、商店街のゆるい坂をのぼった。だが、もどかしいくらい一行として甦ってこない。なんとなくは思い出せるのだ。だが、ひとつも生きた言葉として立ち上がってこない。それは、昔住んでいた遠い国の言葉のように響く。といって、遠い国に住んだことなどないのだが。

たぶん、私の方が知らないうちにずいぶん遠くまで来てしまったのだろう。それでも私は〈二重空間移動装置〉なんぞを腰にぶら下げ、それが静かにカウントし続ける音を聞き取っている。はてさて、このうえ、どこまで行こうというのか。

そうだ……そういえば、そんなセリフがあった。

「このうえ、どこまで行こうというのか」

声になって、そのたった一行だけが滑り出てきた。

で？　そのあとは？　どこまで行ったんだろう？　それとも行かないことにしたんだったか？

思い出せないままアパートメントの入口にたどり着き、贋の摩天楼を見上げながら、欠伸をひとつした。

五階にひとつきりあかりがついているのは、確かあそこが奈々津さんの部屋だ。しかし、見上げてもよく見えない屋根裏。本当は七階だけど、あくまでも屋根裏。

やれやれ、なんだかひどく疲れてきた。

「このうえ、七階までのぼれというのか」

つぶやく声までがかすれている。

そびえたつ急階段を「一段、二段」と数えてよじのぼり、これを私は何度くり返すのかと呪いたくなった。

「どこまで行くのか」

そう問いかけてから、もうずいぶん遠くまで来ているというのに、自分には何ひとつ答えが用意されていない。「十一段、十二段」。ううむ、まだ三階か。ぎしりと階段が音をたてる。増えるのは体重と年齢と人知れない白髪の数ばかり。なぜ、ほったらかしにしておいても脳のしわは増えないのだろう。ついでに身長も。「十七段、十八段」。いや、この際、自信と身長はあきらめてもいい。しかし、いま少しの知恵と答えと勇気が欲しい。「二十二、二十三」。いや、何よりすいすいと階段をのぼる体力を取り戻したい。「二十八、二十九……三十段」。よし、六階までできた。やればできる、あと六段。

と、そのとき、ふいに空気が入れ替わったかのように、何かが香った。

窓ひとつだけの暗い階段なのに、目の前に、淡いほのかな月の光がともっている。

わが七階へと続く最後の六段。その途中の三十三段目にそれは置かれていた。

果物屋が手元に並べていた、あのオレンジ。

手にとると、香りがさらにひろがった。階段には、果物屋のレシートの裏に走り書きされたメモがひとつ。

「ごめん、先生、言いすぎた。奈々津」

オレンジは、思いのほかよく冷えて重たかった。

星と唐辛子

屋根裏部屋にはふたつの机がある。

ひとつは〈雨の机〉。もうひとつは〈その他の机〉と名付けている。私以外に誰もいない部屋なのだから、名付けても呼びはしないのだが、名付けておかないと、ふたつ机があっても、結局は整理がつかず混沌としてしまう。

ふたつの机はまったく同じもので、部屋を借りるときに近くの古道具屋で買ったものだった。

「これはですね、非常に珍しいものなんです」

古道具屋の親父は、ふたつの机の角をふたつの手で撫でさすった。

「これね、どこからどう見ても、そっくり同じ古机でございましょう？　しかしながら、こちらのは、ついおとい買い取ってきたもの。で、こちらのは、もうかれこれ五年くらい前に京都で見つけたもの。これがですね、まったくの同じ机。驚きますなぁ。まぁ、何の変哲もない古机ですから、わたしも最初は気付きませんで、昨日やっと気付いた次第なんです」

「しかしまぁ、何の変哲もない机なら、そんなこともあるでしょう」

私は余計な付加価値が乗らないよう話の腰を折ってみたのだが、

「いやいやいやいや、よく見て御覧なさいな。傷ですよ。この傷の付き方。よおく似ていますでしょう？　不思議ですなぁ。極端に言えば、こちらの机は西の果てにあって、こちらの机は東の果てにあった。あちらとこちらでそれぞれの時間をくぐってきて、それでわたしのところでこうして、ようやく出会ったわけです」

「ようやく出会った？」

「そう。ようやく出会ったんです。いい話でございましょう？」

さて、いい話なんだろうか？

ふたつの机が「出会いたい」と願っていたなんて、何故分かる？　古道具屋の親父というのはそんなものか？

「分かるんです。わたしには」

分かるらしい。それで、こちらもこう決めたのだった。

「じゃあ、この机、ふたつともいただいてゆくことにします」

というか、そもそもふたつの仕事をするために、ふたつの机が欲しかったのである。

「責任持って、二度とはなればなれにならないようにしますよ。ですから、ぐっと負けてください。ふたつとも、傷がついているということですし」

で、格安になった。

親父はいささか面白くなさそうだったが、まぁ、親父としてもふたつ揃いで売りつけたかったのだろう。いささか文学的ではあるとしても、これはこれでひとつの美しい商談である。

屋根裏に運びこまれたときには、もうどちらが東でどちらが西なのか判然としなかったが、私はいちおう親父の物語にならって、ふたつの机を仲良く横に並べ、向かって右を〈雨の机〉とし、そこでは、積年のテーマである「人工降雨」に関する研究をしたためることにした。ちなみに私の研究は、およそ物理学的な研究からほど遠いところにあり、多分に文化人類学的、あるいは風俗史的なものであった。いつの時代にも、どこの地においても、人が任意に雨を「降らせたい」と願う思いがあり、それを文献でたどりながら包括的にまとめ上げるのが目標——と、人には説明してはいるのだが、「雨」の名が冠された世界中の本たちを選り集めるだけで、一生を棒に振ってしまいそうな予感があった。

それで、もうひとつ机が必要になってしまったわけである。

向かって左の〈その他の机〉。

その机で私は、およそありとあらゆる雑文を請け負っては書き続けていた。たまたま大学の友人が小さな編集プロダクションを営んでいて、私の貧窮を見るに見かね、少しずつ「書く」仕事をまわしてくれるようになったのだ。

最初のうちこそ「雨」に関するテーマ、たとえば「雨はなぜ降り、なぜやむのか?」というような軽い読み物を書いていたのだが、そのうち「雨の日に読むミステリー20冊」であるとか「犬猫用レインコート」の紹介記事まで書くようになり、ついには「雨」が消え、「イタリア式自家製ハムのつくり方」だの、「ワニはなぜ泣かないのか?」といった感じの埋め草的コラムを書くまでになった。それらの仕事の大半は、私にとって未知の事柄ばかりで、私はワニが涙を流さないということと、そこから転じて「ワニの涙」という言葉が「虚構」を意味する言葉として存在していることも、この仕事をするようになってはじめて知った。楽しいと言えばこれほど楽しい仕事もない。ただし、あとには何ひとつ残らない。原稿の大半は無署名であり、つまりは誰が書いてもいいような原稿だった。あるていど時間が経ってしまうと、私自身、それが自分の書いた原稿であったかどうか判断がつかないものさえある。

それでも私は、ひと月の三分の二を左の机で過ごしていた。

右の机には、古書店の目録で見つけた『雨と人生』『雨期のカワウソとその生態』『雨降りと世界の調和』といったような本が、読むあてもなく積み上げられてゆき、ほとんど、書くためのスペースを確保することもままならない状態が続いていた。

出会うべくして出会ったふたつの机は、同じ傷まで刻んでいたのに、ここへ来てずいぶん不公平な日々を送ることになってしまったわけだ。なんとも心苦しいことだが、致し方ない。〈雨の机〉ばかりにかじりついていたのでは、いっこうに腹が満たされないのだから。

その日、私はいつもどおり昼すぎに起きると、すぐに〈その他の机〉に向かい、あるスパイス卸売会社が発行しているPR誌のための原稿にとりかかるつもりだった。

締め切りが迫っている。

テーマは「唐辛子」で、世界中に流布している唐辛子にまつわる伝説を、

「楽しい感じ」で書いて欲しいという不思議な依頼だった。

さて。

いざ、ペンを握ってあらためて考えなおしてみると、私は唐辛子をめぐる伝説など、ひとつとして聞いたことがないのに気付いた。そもそもどうしてこんな仕事を引き受けてしまったのかも思い出せない。肝心の資料さえ用意されていないし、いや、きっとそんなものどこにも存在していないのだろう。だいたい唐辛子が伝説など生むものか？

が、いちおう念のため、懇意にしている近所の古本屋に電話をして訊いてみたところ、「あるよ」という意外な答え。急いで店を訪れると、店主は「おう、いらっしゃい」と言うなり奥に消え、しばらくして、「よっこらしょ」とばかりに、とんでもなく分厚い一冊を手にして戻ってきた。番台の上に置くと、本当に「どしり」と音がし、店主はじつに自慢気な顔で「な？」と言った。

思わず手に取った本は、古い革装で、天に金が施してある。判型は見慣れたもので、それはいいとしても、厚さがなんとも非常識だった。全体が立方体の箱のように見える。それくらい分厚い本なのである。らくだ色の質素な革表紙は、一見何の変哲もないが、よくよく目をこらすと、『唐辛子千夜一夜奇譚』という題名が、活字で空押しされていた。

「ド古い本だけど、こいつぁ、ぐっとくる良い本だぜ」

主人は鋭く目を光らせながらそう言った。

この主人、私はひそかに「デ・ニーロの親方」と名付けていて、ロバート・デ・ニーロが日本の大工の親方に扮したような――そんなわけないのだが――風情を持っていた。いちいち口もとを歪めてみせる表情も、みっしり肉が詰まっているかのような体つきも、じつに「デ・ニーロの親方」と言うしかない。

つまり、なかなかのいい男でもあった。

口が悪いのが玉に瑕だが、本の知識と見知らぬ本に対する好奇心は唖然とするほどすさまじい。このふたつと「清貧」のふた文字さえ肝に銘じておけば、

「まぁ、なんとか古本屋に化けていられるってもんだよ、くそったれ」

と、常日頃から親方は吠えていた。

「どうだい先生、バカ重いだろう？　その本」

確かに重たかった。

「先生はチビだからな、あんまり長いことその本を持ったまま立っていると、もっとチビになっちまうぜ」

余計なお世話である。聞き流しながら頁をめくってみると、まずは数十頁にわたる目次が始まり、そこに唐辛子をめぐるさまざまなエピソード、伝承、小話の類いがきっちり千一項目、びっしりと並んでいた。

「第26夜　唐辛子が目にはいって絶叫した兄弟の話」

「第196夜　唐辛子が旅に出て、猿と蟹と戦った話」

「第354夜　唐辛子の中に暮らしていた小さな赤ガエルの親子の物語」

「第772夜　唐辛子が唐辛子をやめたくなった話」

なんと素晴らしい。私が探していたのはまさにこの本である。

「な？」

デ・ニーロの親方がにやりとしていた。

「まっ、いろいろ問題もあるんだがね」

「問題？」

「いやね、よく見てみなさいよ、まずもって、こいつには著者名がないだろ？」言われて、もう一度表紙と背中を確認してみたが、確かに題名と出版社の名しかなかった。その出版社の名前というのも〈空中一回転書房〉とある。

「な？　たいがいにしてほしいぜ。空中一回転だとよ。そんな版元、聞いたことないだろ？　ってことはだ、伝承とかなんとか言ってるけど、ここに書いてあることは全部でたらめで、誰も責任とるやつがいない、知ったこっちゃない、そういう可能性があるわけだよ。ついでに言っとくけど、俺だって知ったこっちゃありませんよ」

「しかし、さっき良い本だと」

「それはそう。保証します。俺が自信もって言えることはだ、いま、先生が探してるような本は、世界広しといえども、この一冊きりしかないってこと。な？　だから、ここに書いてあることがハナから終いまででたらめだったとしても、まぁ、だあれもそいつに気付きやしないってことだよ」

なるほど。

私は、親方のそのひとことで、もうすっかりその本を購入するつもりになっていた。

「ただし、この本は高いよ。トゥー・エクスペンシヴ。ベリー・エクスペンシヴ。まっ、先生なんかには、とうてい手が出ませんな」

「え？　いくらなんです？」

「言ってもいいの？　聞いたら、びっくりして鼻の穴が拡がったきりになるぜ」

「いくらです？」

「びっくりして、髪がぜんぶ逆立っちまうかも」

「いや、これはどうしてもいまの仕事に必要なものだから。ずばり言ってください」

「三百万円」

「ええっ？」

「な？　だから先生、俺はこれから、この忌々しい本を焚き火にくべてすっかり燃やしてしまいますよ。その方がいい。じゃないと、先生は俺を憎むだろ？　俺と先生の友情のためにも、こんなアホ本は燃やしちまった方がいいんだ」

「そんな」

「いや、だってね、こんな本、先生以外に誰が買うよ？　どこの誰が好きこのんで唐辛子の話を千夜も読み続けるってんだ？」

「でも、なにも燃やさなくても」

「いや、俺にだって古本屋としてのプライドってもんがあるのよ。誰も買わないと分かってる本を、ぐずぐず置いとくわけにいかんの。ここはひとつ、ぱあっと燃やしちまいたいね」

「しかし……三百万円もするものを……」

「え？　いや、そうじゃねぇんだよ。先生も分かんない人だなぁ。こいつはさ、いまの先生にとって三百万の価値があるって話でね。そう……たとえば、うちによく来る、あの果物屋の兄ちゃん、あのひょうろく玉にだったら、二百円で譲ってやってもいいようなもんよ」

そこで、反射的に体が動いた。

「えっ？　あれっ？　先生、まさか貯金でもおろしに行くんじゃぁ……」

とかなんとか、親方の声が背中に響いたが、私はすぐさま古本屋から商店街に躍り出ると、踵を返して一目散に走り出していた。さいわい坂は下りである。

メロスのように走った。

走りながら、「また走っている」と頭の中に声がよぎる。人は大人になると滅多に走らないものなのに、この街に来てから私はなんだか走ってばかりいる。そもそも、しょっぱなからして、帽子屋さんの背中を追いかけて走った。あれは夜だったが、今度は白昼である。

皆が見ていた。

何やら尋常ではない事が起きたのではないかと思うのだろう。大人が全速で走るのは、何か怖いことが起きたときなのだ。でなければ、走っているその人が怖い。

ようやく果物屋にさしかかって減速したが、足がじんじん鳴るのと、息が「はあはあ」乱れるのとで、自分がうるさい。おまけに鼻の穴が拡がったきりになっているような気がする。

「……あ？　先生？　どうしたんです？」

果物屋の彼は、いつもどおりのにこやかさだったが、やはり少し不安げな表情をまじえながら私の様子を見守っていた。

「頼みがある」

私は、ぐっと息をのみこんで、冷静さを装った。

「古本をね、ひとつ、買ってきてほしいんだ」

「古本？　って、銭湯の先の、あそこですか？」

「そう。ぜひ君に頼みたい。というか君じゃないと駄目なんだ」

なかなか息が整わなかった。

「なにしろ二百円なんだよ。いますぐ行ってほしい。そのあいだ僕がかわりに店番をするから、なんとしても頼む」

「いいですけど。なんという本を買ってくればいいんです？」

「『唐辛子千夜一夜奇譚』」

「え？」

「行けば、分かるんだ。早くしないとデ・ニーロの親方が燃やしてしまうんだよ」

「デ・ニーロってなんのことです？　親方？」

「そんなことはどうでもいい。ここに百円玉が二枚ある。こいつを店主に渡して、三百万の唐辛子の本をくださいって言えば、それで分かる」

「ええっ？」

「とにかく行ってくれ、頼む」

「ええ、はい」

わけもわからず、彼はとにかく行ってくれた。「急いで」と背中に言ったら、走ってくれた。いい青年である。

私は店の中をひとわたり見回し、それから彼がいつも座っている傷だらけの古い椅子に腰をおろして、ため息をひとつついた。傷だらけだが、ふかりとして、じつに座り心地の良い椅子だ。しかし、まだ足の内側で、じんじんと音が鳴っている。

なんだって私はこんなにものすごい勢いで走ってしまったのだろう？

こんな性格ではなかったのだ。大人になってからというより、子供のときにだって私は滅多に走ったりしなかった。走ると汗が出るし、息が切れるし、足がだるくなって、ときには目がまわる。走るとなると、つい全速力で走ってしまうのがまずいのかもしれないが、いずれにしても、走って得をしたことなど一度としてなかった。ただ、つらい。それだけだ。そうと知っているのに、つい走ってしまった。

なぜか？

いや、答えなど知りたくもない。そこには間違いなく恐ろしいものが鎮座している。人間を全力で走らせるものの正体。それは、醜い化け物だ。

もし私にこの先、子供ができるようなことがあったら、私は彼あるいは彼女にふたつばかり言ってきかせたいことがあった。

ひとつ。むやみに走ることなかれ。

ひとつ。嫌いだったら、無理ににんじんを食べなくとも死にはしない。

どちらも、私が大人になり、身をもって認定したことである。しかし、そんなことを考えていながら、私は自分より年若い果物屋の彼を走らせてしまった。これがまさしく「恐ろしさ」の力だ。

何かを振り払うように、私はぶるんぶるんと頭を振った。それから心を落ち着かせるべく果物たちをひとつひとつ眺めた。

そこに座ってみて分かったのだが、果物屋というのは、あたり一面が果物なのである。当然といえば当然だが、香りがあって、色があって、皮をむいて食べればおいしいわけだし、そのうえ、誰か客が来てしまえば、お金までいただいてしまえる。こんな素敵なことが他にあるだろうか？

まだ夕方になる少し手前の、午後の最後の柔らかい光が店の前の路地にさしかかっていて、バナナと林檎とグレープフルーツが光に包まれていた。そうして果物と光に囲まれていると、じつに世界は静かで安らかに思える。

ふと、読みさしの本が一冊、椅子の脇の小机の上に載っているのに気が付いた。つい今さっきまで彼が読んでいた頁がひろげられてある。古い本だ。表紙を覗いてみたが、タイトルがかすれてよく読めない。もちろん、唐辛子の本ではないようだが、なんとはなしにひろげてあった頁を読んでみると、こんなことが書いてあった。

「……ぼくは天文學体系というぼうう大な本に銀河圖のさしえをえがいている。これが目下ぼくのありついている仕事だ。星空なんて、ろくろく見たこともない、むくいだろう。毎日々々、星の冩眞ばかり見ている。星一つ税込み一圓で、一日どうしても三百えがかなくては食えない……」

なぜだろう。読めば読むほど、この「ぼく」というのが、果物屋の彼そのもののような気がしてくる。そういえば、彼は「イルクーツクに行ってみたい」と口走っていたが、パラパラと他の頁をめくってゆくと、この本の舞台がシベリアであるように読みとれた。目の前の店先はどこか南国風だが、彼の胸中にある磁石は北を指している。

星を描く仕事。

ひとつ一圓。

それは、どんな生活なのだろう？　本の中の「ぼく」は、決してその生活を愉しんでいる風ではない。むしろ、単調の苦しさに喘いでいるようだ。だが、そこには何かしら美しい詩の数行が屹立しているおもむきがある。それは、この本の読者である彼の胸中にも屹立していて、そしておそらくは、かつての私の中にも立ち上がっていた何ものかである。

「行ってきました」

声がしたので顔を上げると、彼が四角い紙の包みを小脇にして立っていた。

「か……買えたんだね？」

私は、少し声が震えていたと思う。

「ええ」

「ありがとう。たすかった」

「いえ、買ったのは僕なので」

「え？」

「二百円。僕だけの特別価格だって、御主人が言ってました」

「そう、そうなんだよ」

「先生には三百万円で譲ってあげるようにということでした」

「え？」

どういうわけか、突然、果物屋の彼が冷淡になっていた。心の中にシベリアの風が吹いているのか、それとも私から三百万円巻き上げて、イルクーツクに逃亡しようというのか。

「ははは、冗談ですよ、先生」

急に彼は、心底おかしい、という顔になり、

「古本屋の御主人も、そう言ってました。ぜんぶ冗談なのにって。本当の値段はもうちょっとするらしいんですけど、まぁしょうがないから二百円でいいや、

ちくしょう。そう言ってました」

そうなのか。そういうことか。いやいや、私だってそうだろうとは思っていたのだ。本当に。何が三百万だ。そう思っていたのだ。本当は。

それで私も「心底おかしい」という顔をしてみせたのだが、やはり少々こわばっていたかもしれない。

「しかし先生、今度は唐辛子の研究なんですね？」

「え？　ああ。うん」

「変わってますねぇ」

い、い、ずしりと紙包みが手渡されるのを受け取りながら、

「本当は私もね」

そう言いかけたのだが、やはり言わずにおいた。

私もかつては彼の年齢だったのである。しかし、そのころ自分で書いた芝居のセリフを、もうまったく思い出すことが出来ないのだから、「星を描いて暮らしてゆきたいよ」などと簡単に言ってはならないのだ。たぶん。

でも。
いつかある日、もし彼がイルクーツクへ星を描きに行ってしまったりしたら、
そのときは自分が、あの椅子に座って店番をしてもいい。そう思った。
そのくらいの夢なら、まだ許されてもいいだろう。

手品

また、夜。

もし、太陽が死滅してしまったら、それきり昼間は消えてしまうのだろうが、夜は宇宙が存在する限りそこにあり続ける。

夜とは、すなわち宇宙のことなのである。

宇宙が死滅すれば、たぶんすべてが消えてなくなってしまうだろうから、われわれがたどり着いたちっぽけな概念に従って言うなら、

「夜は永遠である」

そういうことになる。

というより、昼こそが異常事態なのであり、本来なら、われわれはいつでも、

あの暗い闇に浸されているはずだった。もし昼がなければ、人類はもっと宇宙との一体感を享受し得たに違いない。宇宙の謎を体感的に解くことが出来たかもしれない。そして、もっともっと孤独について多くを学べたかもしれない。もっとも、昼がなかったら、人類は早々に死滅していたのだろうが。

しかし夜になると本当にろくなことを考えない。

唐辛子の千夜一夜にうなされ、いささか頭がホットになっていたせいもある。が、それにしても不思議なくらい、どうでもいいことをめぐって頭が回転してしまうのだ。あるていど歳をとってしまったことによる最大のロスはこの一点に尽きる。

余計な知識と膨大な聞きかじりの堆積。

生きれば生きるほど、「宇宙の謎」からはほど遠い、なんだかどうでもいいようなことに関する知識ばかりが増え続けている。

たとえば――

もやしと豆もやしはどんなふうに違うのか？　ロベルト・カルロスとはどんな人物であるのか？　体脂肪率とは、いかなるものであるか？　などなど。高額な賞金がもたらされるクイズ番組に出るわけでもないのに、いつのまにかこんなことばかりが頭の中にインプットされ、ときにはさらなる探求が深められたりしている。しかし、どうにもいちばん肝心なことだけが、さっぱり分からない。いや、事態はもっと困ったことになっていて、ロベルト・カルロスだの体脂肪率だのの知識を深めることに気をとられ、そもそも、いちばん肝心なことが何だったのかを忘れてしまっている。

私にだって、昔から何度も反芻してきた重要な自問があったはずなのだ。そして、何よりそれこそが自分の人生に課された大きなテーマだと認識していたはずなのである。たしか。

それを忘れてしまったのか、あるいは知らないうちにいつのまにか時効が訪れ、問いそのものが価値を失ってしまったのか、それともなんなのか？

「ああ先生ね、それが歳をとったっていうやつなんです」

その夜の食堂で、帽子屋さんがあっさりそう言ってのけた。

「わたしにも経験あるなぁ。そういう日がね、来るんです。来ちゃうんです。いや、決して何かをあきらめたとか、そういうんじゃなく、何かもっと自然にね、どうでもよくなってしまうんだなぁ、これが」

本当にそうなんだろうか？

「本当にそうなんだろうか、って顔してますね、先生」

やれやれ。

「でも、そうなんです。あっ、わたし、ステーキ定食。ジャガイモのふかしたやつたくさん添えて」

帽子屋さんはサエコさんに向かって手をひらひらさせながら注文し、それから「先生は？」とこちらを見返った。

「あ、いつものクロケットで」

「またクロケット？　先生、たまにはステーキいきなさいよ。ばーんと。わたし、おごっちゃいますから」

「いえ」

「いや、いいのいいの。サエコさん、先生、クロケットやめてステーキね。ジャガイモのふかしたやつ山盛りで。なにしろ今夜は先生が歳とっちゃった記念日だから」

記念日？

「まぁ先生、くよくよしなさんな」

くよくよなんかしていない。少しばかり戸惑っているだけのことだ。

「これからが人生本番なんです。いやほんと」

帽子屋さんはポケットから両切りのピースを取り出し、食堂のマッチをじゅっと擦って火をつけた。

「あのね、よく垢抜けたなんてことを言うでしょう？　いまの先生がまさにそれなんです」

なんだか、やけに煙草がうまそうだった。

「なんていうかなぁ、若いころのね、つまんない夢だの欲望だのが、ある日、ふっと消えちまうわけです」

「消える？」

「そう。つまりね、おのれが少し分かっちゃうってことなんです。でね、おのれが分かってしまった瞬間、おのれが消えてしまうわけで」

「……」

「いや、オノレ・シュブラックのことですよ。先生知ってます？」

「おのれしゅぶらく？」

「アポリネールってフランスの作家、わたし学生のころ好きでね、よく読んでました。この人の書いた傑作のひとつに『オノレ・シュブラックの消滅』というのがありまして」

「ああ、おのれは名前ですか」

やっと話が見えてきた。

「そう、名前。オノレという名前なんです。ややっこしいけど。フランス人ですよ。で、このオノレがね、あることがきっかけになって、まるでカメレオンのように壁に同化してしまう術を覚えるんです。擬態というやつです。ね？　そうすることでこの世から自在に姿を消してしまえるんです。誰にも彼の姿は見えません。でもね、実際に消えてしまったわけじゃないんですよ。オノレはオノレでないものに同化しただけのこと。つまり、オノレは世界の側に同化したってわけです」

「世界の側？」

「そうなんです。そうするしかなかったんですよ。だって、そうでしょう？　どんなにあがいたって、結局、オノレはオノレの姿を確認することなど出来ませんもの。たとえ鏡に写して見たところでね、そいつはしょせんオノレそのものじゃあない。本当にオノレを見極めたかったら、世界の側に立って、外側からオノレを見ることです。ね？　そうして、わたしたちはしだいに若いときのとげとげした輪郭を失ってゆくんです」

帽子屋さんは、なぜか吸いきっていない煙草を、さくさくともみ消し、それからまた新しい煙草を取り出して、じゅっと火をつけた。

「投げつけるはずだった石ころをね、いつのまにか掌の中で愛でるようになっちゃうんです」

しみじみとそう言って、それからしばらく黙っていた。

いったいオノレの話なのか、それとも帽子屋さんの「おのれ」の話なのか、なんだか混乱してさっぱり分からなかったが、黙した帽子屋さんの脳裏には何やら去来するものがあるらしく、視線が食堂の壁の一点にとどまったきり動かなかった。

「で、オノレはそれからどうなるんです?」

私が我慢できなくなって訊いてみると、

「オノレは」と帽子屋さんが壁をじっと見つめたまま頷き、「最後に壁の中に消えて、それきりです」

ため息ではなく、煙が魂のようにプカリと吐き出された。

「それが歳をとるということですか?」

「なかなかいいもんですよ」

帽子屋さんは口もとに笑みを浮かべて見せた。

「だってね、もう誰の目をはばかることもないんです。わたしがね、たとえば、誰か同じような歳恰好の男と入れ替わったとしても、もう誰も気付きません。それで分かったんです。ああ、オノレはもう消滅したんだと。実感させられましたねぇ」

「そんな簡単なことでもないでしょう」

背後で声がして、振り返るとそこに食堂のあるじが立っていた。

「余計なこと言うようだけど」

あるじは、鮮やかな白いコック服に身を包み、首に薄水色のタイを締めていた。

「そりゃあ、歳くえば、それなりに人間、複雑になりますけど」

そう、そのとおり。ロベルト・カルロスに関する知識を深めたりして。

「でも」

あるじが、そんなに長く喋るのは、じつに稀なことだった。

「でも、だからこそオノレを大切にするってこともあるんじゃないですかね」

「そう？」帽子屋さんは笑いをこらえるようにしてあるじを見上げた。「あなた、そんなことだから、いつまでも垢抜けないんだ」

「私の場合」と、あるじが声を大きくし、「世界を知るほど、オノレが愛おしくなりましたよ。で、なんとかオノレをオノレのまま逃がしてやれないものかと」

「で、たどり着いたのがこの食堂だ」

帽子屋さんの声がオクターヴ低くなり、細めた目と相まってじつに意地悪げだった。

しかし、あるじはそれに応じず、少し眉をひそめながら、

「焼き加減は？」

とそう訊いた。

「よく焼いて」と帽子屋さんが答え、「普通に」と私も答えた。

焦げつくくらい徹底的によく焼かれたのと、ほどよく焼かれた二枚の肉がすっかり皿から消え、私と帽子屋さんが黙ってコーヒーをすすっているところに、「今晩は」と、耳なれたまっすぐな声が飛び込んできた。

奈々津さんだった。

じつを言うと、あのときの一件以来、私はなんとなく奈々津さんと顔を合わせるのが恥ずかしいような気がしていた。ちょうど仕事の忙しさも相まって、やや食堂から足が遠のいていたこともあり、しばらくまともに顔を合わせていなかったのだ。

その夜も、奈々津さんが現われる前に席を立ったものかと、ひそかに思案していたのだが、いつもどおり奈々津さんは、ちらりとこちらを見て「おす」と言い、それから向こう向きに座ると、あとは彼女のそばの席に横たわっているオセロに対して何ごとか話しかけているようだった。

「やい、オセロ」「黒か白かはっきりせい」などと言っている。

面倒くさそうにオセロは薄目で奈々津さんを確認し、それからブラックホールのような大あくびをひとつ返してみせた。

しばらくして、「ねぇ、先生」と、帽子屋さんがひそひそ声で話しかけてきて、「こないだの話、奈々津さんに話してあげました？」

「え？」

本当は分かっていたけれど、知らないふりをしたら、帽子屋さんは「駄目だねぇ先生。まったくもって駄目だ」と、首を振って顔をしかめ、「あれですよ、奈々津さんは良い女優になるって、あれ。なぜ言ってあげないんです？」怒ったような顔になっていた。

「僕が言ったところで……」

「そんなことないですよ。分かってないなぁ、まったく」

コーヒーが苦い。

「言ってあげなきゃ。待ってますよ、きっと」

「そんなわけないでしょう」

「いや、待ってます。そんな言葉のひとつをね、彼女はずっと待ってるんです。わたしには分かるな」

「じゃあ、桜田さんが言ってあげたらいいじゃないですか」

「駄目だねぇ先生は。まったく」

なんだか本当に駄目な気がしてきた。

奈々津さんは夕刊を拡げ、それをときどき横目で眺めては、オセロに向かって「プロバイオテクスってなんのこと？」などと話しかけている。よく見えないが、たぶんいつもの肉じゃが定食をつつくように食べているに違いない。体重を気にして量は少なめだろうから、うっかりするとすぐに食べ終わってしまう。そうなるとこちらが困ったことになるのだ。

「帰ります」

立ち上がり、素早く勘定を済ませると、私は帽子屋さんよりひと足先に食堂を出ることにした。奈々津さんには軽く会釈をしただけ。それでも、なんだか胸のあたりがざわりと波打った。

はためく暖簾をくぐり出ると、いつものようにつむじ風がひとつ足もとで小さな円を描いていた。月あかりで腕時計の針を確認し、それから急いで踏切を渡る。さすがに走るのはためらわれたので、早歩きで商店街のほとりまで行き、見ると、さいわい果物屋の淡い光がまだそこにあった。光の中でイルクーツクの彼がこのあいだの本のつづきを怖い顔して読んでいる。私に気付くと、「あ、先生。お帰りですね。お休みなさい」と、いつもどおりの顔になった。

「あ……ええと」私の方はいつもどおりではない。「ええと、あの、オレンジをひとつ欲しいんだけど」

「オレンジ？　ひとつでいいんですか？」

「そう、ひとつ。いちばん奇麗なやつを」

彼はオレンジの山を吟味し、「じゃあ、これ」と言ってひとつ取り上げ、店先にぶら下がった裸電球にかざして「いい形でしょう？」と見せてくれた。「包みます？」と言うので、「いや、そのまま」と答え、それから「あっ、そうそう、レシートを忘れずに」と、つけ加えた。

代金を払うとき、ちらりと彼の読みさしの本を覗き見たのだが、いくつかの言葉にはさまれ、「星」というひと文字が垣間見えた。

仮にオノレなど知らなくとも、彼には「星」がある。そのひと文字が、じつにまぶしい。

「おやすみ。また明日。たぶん」

そう言って、オレンジを両手で捧げ持つようにし、すっかりおなじみの寝静まった商店街を歩いた。街灯のあかりだけがぽつりぽつりぽつりとあり、あとはただ閉ざされたシャッターの錆びた銀色が並んでいる。

やがて、豆腐屋の水門に到達する中程まで来たところで、背中の方から足早に近付いてくる気配と靴音に気が付いた。

「なによ先生、どうして逃げるの？」

奈々津さんだ。走っている。

信じられなかった。まさか走ってくるなんて。

私はすぐさまオレンジを隠さなければと狼狽えたのだが、安物コートのポケットになど収まりようもなく、それどころか、すぐに奈々津さんに見つかって、あっという間に奪い取られてしまった。

「先生、これ、わたしにでしょう? こないだの御礼。ね? そうでしょう?」

そばに並んで立つと、奈々津さんは私より五十センチくらい背が高く見えたが、たぶん実際は十センチくらいのことなのだろう。でも、五十センチくらいに感じられる。私が小さくなっていたせいもあるのだろうけど。

「ありがとう、先生」

「あ、いや、こちらこそ、こないだは、どうも」

「ううん、いいってことよ」

今さらだが、奈々津さんも、あまり言葉が奇麗な方ではない。

「それより先生、ちょっとばかり訊いてもいい?」

「何をです?」

私たちは並んで歩いていた。帰還先は同じ屋根の下である。じつを言うと、食堂からの帰り道を、奈々津さんとふたり並んで帰るのはそれが初めてのことだった。

「先生が昔、お芝居やってたっていう話」

帽子屋さんだ。

「本当なの？」

「ええと、まぁ本当は本当だけど」

「そうなんだ。先生が芝居を」

「似合わないかなぁ？」

「そうねぇ、まったく似合わないかも。なのに、どうしてなの？」

「どうしてって、どうしてだったかなぁ？」

「何かあこがれてたとか」

「うーん……あこがれっていうわけじゃないけど、親父が舞台やってたことが影響してるかな」

「えっ？　先生のお父さんって、役者さん？　じゃあ背高かった？」

「いや、役者じゃないんだ。背も低かったし」

「やっぱり。じゃあ、何？　司会とか？」

「手品師」

「ええっ？　本当に？　本物の？　手品師って、あの手品師？」

「そう……だけど」

　そこで私は、これまで一度として思ってもみなかったことを不意に思いつき、それから街灯の下に来たところで、ふっと立ち止まって背筋を伸ばした。

「奈々津さん、そのオレンジ、ちょっと拝借」

「え？　あ、はい」

　奈々津さんの手からほうり投げられたそれを受け取り、ひとつゆっくり深呼吸をすると、「はいっ」と気合いを入れて宙に投げ上げた。街灯の光を受けてそれは一回転し、そしてそのまま落ちてくるはずのところを、

「ああら不思議」

　すっと消えて見えなくなった。

　自分でも驚いた。

その手品を父に教えてもらってから、もう四半世紀が過ぎている。それでも手が覚えていて、頭と切り離されたまま手だけが自然と動いていた。なんだか私自身、目の前に父の手品を見ているような思いだった。

「……先生……すごい」

さらに手が自ずと動き、最後にぴたりと静止すると、そこにまたオレンジが戻っている。完璧。

「パチパチパチ」

声に出して言いながら、奈々津さんが拍手をしてくれて、それからまた「すごいよ先生、すごい」と繰り返した。確かにすごい、と自分でも感心したが、「こんなもんだよ」と口が勝手に答え、「これが本物の手品ってもんだよ」と、まったく父の口調になっていた。

それで、そのあと調子に乗って三度同じネタを繰り返してみたのだが、三回とも、まるでうまくいかなかった。

「褒めると、駄目なのね」

奈々津さんが言った。

「そうみたいね」

と、私は答えた。

街灯に照らされたふたつの影が長く尾を曳いて、「つむじ」ではない、もっと何か別の大らかな風が、吹くというよりも、私たちを取り囲むようにして廻っていた。

めずらしく、夜がやさしかった。

帽子と来客

唐辛子の仕事が終わったあとも、私は引き続き左の机に向かって次の原稿にとりかかっていた。次なるテーマは「エスプレッソ・マシーン」で、近年、自宅用のマシーンで手軽に本格的なエスプレッソを楽しむ人が増えてきていることを受け、そのあたりのレポートと、エスプレッソ・マシーンの歴史をまじえた「楽しい感じ」の読み物を書いて欲しいという依頼だった。なぜなのか、誰もが私に「楽しい感じ」を求めている。

依頼に来たのは、私の原稿を読んで気に入ったという小さな出版社の編集者で、普段、仕事の受け渡しは、駅の近くの「ノア」という喫茶店で済ませてきたのだが、「ノア」が水道工事でしばらく休業のため、直接、私の屋根裏部屋まで来ていただくことになった。屋根裏に客人を招くのは、それがじつは初めてのことである。

「オゴオリと申します」

その人は息を弾ませながら——もちろん急階段をよじのぼってきたからだろう——名刺を差し出し、ひとつ甲高い咳払いをしてからそう名乗った。名刺は少し細長いサイズ。そこに小さな活字で「小氷」と二文字だけ刷られている。なんとも奇妙なものだった。肩書きがない。それどころか下の名前が表記されていない。それとも、これでフルネーム？ 中国の人？

「名字です」

その人は私の心のうちを見透かしたようにそう言って、わずかに口もとをゆるめてうなずいた。あるいは、名刺を差し出すときは、いつもそう言い添えているのかもしれない。誰が見てもこの名刺は不審に思うだろうから。

「わたし、自分の名前が好きではないんです。ですから、あっさり名字だけにしました」

そう言って、その人は爽やかに笑ってみせたが、爽やかすぎて、ちょっと怖いくらいのものがある。

「日本人はいきなり名前で呼んだりしませんから、下の名前などあってもなくても同じなんです。何の問題もありません」

その人はそう言ったのだが、じつを言うと、私はすでに少しばかり疑問を抱き始めていた。

はたしてこの人、この小氷さんという人、男性なんだろうか？　それとも女性？

まったく判断がつかなかった。ついでに言うと年齢も分からない。

ずっと昔、高校生のころ、昼休みになると、学校の渡り廊下でパンの販売があった。近所の業者が工場からトラックでパンを積んで来て、弁当を持参しない生徒に小売りしてくれたのだ。そのパンを積んでやってくる人が、やっぱりおじさんなのかおばさんなのか誰にも見極められなかった。

髪は短い。小柄で、いつも横縞柄のシャツを着ている。下はスリムの黒いジーンズ。足が細くて、顔を見てもヒゲの剃り跡は皆無。とても白くて奇麗な肌をしていた。化粧はなし。声も話しぶりもすべて中性的。つぶらな瞳、唇薄く、胸にも股間にも隆起はなかった。

「オジバ」

と、われわれの間ではその人のことをそう呼んでいたが、これはオジサンとオバサンをミックスして出来た苦肉の策であった。

そのオジバに、小氷さんはじつによく似ていた。なにしろ、縞のシャツまで一緒なのである。

「……というわけで、エスプレッソ・マシーンについてですね……」

回想と推測が頭の中で激しく渦巻き、私はほとんど彼／彼女の説明を聞いていなかった。

「……いろいろと資料を持って参りましたので……」

この人は性別を謎めかせるために、わざと名字だけを名刺に刷っているのだろうか？

「……本場イタリアからも、豊富に資料を取り寄せまして……」

だが、なんのために？ なぜ謎めかせる？ ひとことでいいから「あらっ？」とか「困りましたわ」などと言わないものか。でなければ「僕は」と、うっかり漏らしてくれれば、それですっきりするのだが。

しかし、小氷さんは決して「僕」などと言いはしなかった。「わたし」と、はっきりそう言っている。「だわ」とか「かしら」などとも言わない。もっとも「かしら」くらいなら男でも言うし、私の知っている編集者のひとりは、語尾が「だわ」で、しっかり薄化粧もしているが、れっきとした男性である。その人は名刺に下の名前が刷ってあり、「正太郎」とあったからまず間違いない。

とにかくそんなこんなでまったく打ち合わせにならず、私はうわの空のまま小一時間を過ごし、気付くと小氷さんが、

「では、どうぞよろしくお願いいたします」

と言って立ち上がるところだった。

「はい」

そう答えたものの、まったく何も頭に入っていない。資料だけが手元に束ねられていた。

「ここは階段が急ですね」

小氷さんは玄関先でいきなりしゃがみこんでそう言うと、素早く靴の紐をきゅっと結びなおして立ち上がった。靴はスエードを使った品の良い靴で、男ものにも女ものにも見える。

「七階まで三十六段しかありませんでした。うちも同じ七階なんですが、五十四段です。ちなみに、うちの編集部も七階にあって、ここは六十段あります」

「エレベーターはないんですか?」

「エレベーター恐怖症なんです、わたし。ですから、こちらのように階段だけの建物だと本当にほっとします。最近はエレベーターだけのところも多くて、そういうときは裏の非常階段を使わなくてはなりません」

「それは大変ですね」

「いえ、非常階段というのは、意外にいいものなんです。こないだは、そこも七階でしたけれど、夕日と富士山が見えました。ちょうどいい具合にビルの隙間から見えたんです。あれは本当に奇麗だった」

「ああ、なるほど。外だから」

「そう、外ですから。それに裏ですからね。昼寝中の猫なんかを発見したりしますし、たとえばビルの裏手に残された昔の懐かしい家の庭先で、おばあちゃんが布団をパタパタやっているのが見えたりします」

「それはいい」

「いいです。嬉しくなります。それに、このあいだ出張で小倉へ行ったときのことですけど……」

こういう具合に、「非常階段」にまつわる話が延々と続き、私と小氷さんはそのまま十分近く玄関口に立っていたのではないかと思う。

人生には、ときどきこのような場面が挟みこまれる。

別れ際になって、急速に話が弾んでしまうのである。電車に乗っているときなど頻繁にこれが起きる。もう次の駅で降りるという段になって、とつぜん相手が興味深い話を長々と語り始めてしまう。どう考えても到着するまでの三分間で終わりそうもないのに、相手はまったくそれに気付いておらず、仕方なしに、こちらで勝手に「ああ、なるほど。分かります分かります」などと話をまとめてしまったりする。

しかし別れ際の話はそのまま印象に残るから、小氷さんが帰ってしまったあとも、私はしばらくぼんやりとして、夕日に包まれた非常階段から見える富士山のことばかり考えていた。

どのくらいそうしていただろう？

ぼんやりした視線が机の上に残されたままの小冊子の束を見つけ、そこにESPRESSOという文字が刷りこまれてあるのを確かめると、「困ったな」と、声と舌打ちが同時に出てしまった。私が覚えているのは、最初に聞いた概略と「楽しい感じ」の一言だけである。

ともあれ仕方なく、残された小冊子の頁をめくってみると、どうやらそれは、あるイタリアのエスプレッソ・マシーン・メーカーが過去数十年間に発行した年代別製品カタログのようだった。全文イタリア語のためほとんど判読できなかったが、さまざまなタイプのマシーンの写真を眺めているだけでも心愉しくなってくる。

自然と私は、あのタブラさんの店にあったマシーンを思い起こし、それがこのカタログのどこかに掲載されていないものか、あるいは似たようなかたちのものがないかと、頁を行きつ戻りつしながら探し始めていた。特に私が少年であった「60年代初期」と、それに先行する「50年代後期」のカタログは、隅から隅までじっくりと見たのだが、あの不思議な生き物のようなかたちは、ついに見つけることが出来なかった。たぶんメーカーが違うのだろう。

だが、収穫がひとつあった。

クラシックなタイプのエスプレッソ・マシーンには、言わば蒸気を発生させる機械としての側面があり、これを応用して巨大化すれば、あるいは「雨を降らせる機械」になり得るかもしれないと思いついたのである。そういえば、このマシーンが作り出すもうひとつの飲み物は「カプチーノ」と呼ばれ、ちょうどコーヒーの海の上に白い雲が浮いているかのような一杯である。

私は発明家ではないし、だからこそこんな馬鹿げた考えが頭をよぎるのだろうが、雨とは雲であり、雲とはすなわち水蒸気であるから、この小さなマシーンを「人工雲製造機」に改造するのは訳ないのではあるまいか、と妄想してしまうのである。妄想は想像であり、想像は創造に転じるから、どこかの工房の小さな作業台の上で、改造されたエスプレッソ・マシーンからひとひらの小さな雲が吐き出される日が来てもおかしくはない。

人々はコーヒーを飲みながらテーブルの上に浮遊する雲を鑑賞する。人工雲とて、たちこめれば当然雨にもなる。雷が鳴る。稲妻が走る。やがてテーブルの上で森羅万象が始まる……。

とそのとき、行きすぎた妄想に水を差すかのように部屋の電話が鳴り響いた。

「はい、もしもし」

「もしもし」

「はい、もしもし」

「先生?」

「はい? ええと……」

「桜田です」

「ああ、帽子屋さんですか」

「いやじつはね、たったいま新しい帽子が入荷したんですよ。これがね、まさしく先生にぴったり。なかなかいいんです。どうです? 今からちょいと見にいらっしゃいません?」

「今すぐですか?」

「そう、風の吹かないうちに」

「風? が吹くと、何かまずいんですか?」

「帽子を巻き上げてゆきますから。風が暴れだす前に見に来た方がいいです」

「どんな帽子なんです?」

「それがまた、じつに小粋なものなんです。まるで先生のためにだけ作られたみたいなもので」

行くことにした。

妄想はしばらく机の上に束ねて置いておき、少し頭の中を整理してから仕事にとりかかった方が良いと思ったからだった。


それまで私は、桜田さんの店を訪ねたことがなかった。

というのも、店は月舟町ではなく隣駅の商店街にあり、出不精の私にはまったく無縁の場所でしかなかった。隣駅は「梯子《はしご》橋」といって、昔このあたりに流れていた川にその名前の橋がかかっていたらしいが、いまは川も橋もなく、ただ駅の名にのみ名残をとどめているにすぎない。

「小さなところでしょう?」

桜田さんが自分の店を指して言ったのか、それとも店を含む商店街の全体を指して言ったのか分からなかったが、いずれにしても「そうですね、思っていたより」と答えるしかなかった。

「桜田帽子店」の隣は「西田電気商」。その隣は「お茶の杉山」。その向かいが看板のない今川焼屋で、「新田不動産」「都丸文房具店」と並んでいる。その先にもいくつかの店が軒を連ねていたが、いずれも同じ狭い間口で、桜田さんに言わせると「猫の額の寄せ集め」ということだった。

「わたしはここ、猫の額商店街って呼んでます。いやほんと。商店街なんて言ったって、ほんの十メートル程度、煙草に火でもつけながら歩いてたら、気付かないで通り過ぎちゃいますよ」

確かにそうかもしれなかった。ただ、私にはその狭さが妙に懐かしくて、すこぶる居心地よく感じていた。

「これは親父の店でね、わたしは渋々引き継いだんです」

桜田さんの出してくれたお茶の湯気と香りがたちのぼり、向かいから流れてくる今川焼の焼ける匂いと絡み合って店いっぱいに充ちていた。そのくらい小さな店、小さな一角である。

「さいわい、月舟町には帽子屋がないでしょう？　で、あっちからもお客があったから、なんとかやってこれたんです。でも、この頃はもうさっぱりで」

果物屋でも思ったことだったが、店とは不思議なもので、帽子屋なのだから帽子ばかりが並んでいるのが当たり前なのに、腰を落ち着けてその場に居座ってみると、なんだかすべてが夢の中のつくりごとのように思えてならなかった。色もかたちもさまざまで、いかにも古めかしいものから、食堂のサエコさんがかぶっているような新しいものまで、なんでもひととおり揃っている。

「これですよ、先生のは」

私が帽子に見入っていることに気付いた桜田さんは、さっとひとつを選びとると「ほら、これです」と、手渡して見せてくれた。

それは、私が「古めかしい」の方に分類していた帽子のひとつで、「古めかしい」と思った理由のひとつは、父が若いときにいつも頭に載せていた帽子ととてもよく似ていたからだった。つばが短くて、全体が丸みを帯びた真っ黒の帽子。

思えば、父はいつでも帽子をかぶっていた。よく、食事のとき母に注意され

「いや、失敬失敬」と苦笑いしていたのを思い出す。

「いや、本物のいい帽子ってのはさ、かぶってんのを忘れちまうんだ」

そんなことを言っていた。

「これ、ちょっと古くさくないですかね？」

ついそんな言葉を桜田さんに返してしまったが、桜田さんは「いやいや」と大きくかぶりを振ってみせ、私の頭に慎重な手つきで帽子を載せながら「いま、こんなのがまたちょっといいんです」と目を細めていた。「若い人がね、わりにいま、こんなのを好んでますよ。ほら、手で触って確かめてください。英国製なんです。ものが違うんですよ。それにちょいと小振りでしょ？ 先生にぴったりなんです」

頭に載せてみると確かにそのとおりで、大げさに言うのなら、長らく欠落していたものが、ひさしぶりに頭頂に戻ってきたかのような、人なつっこい暖かみがあった。

「ほら、ぴったり」

桜田さんは試着用の円鏡の角度を調節しながら「ほら、こっちから見てもいい」と声を上げ、「この角度も様になってる」と、夢中になってあちこち鏡を動かしてまわった。そうして、鏡が右斜め下の方に来たとき、横目で見おろした鏡の中に、眉間にしわを寄せている若いときの父そっくりの顔があって、思わず目をそむけたくなってしまった。

あのドーナツのかたちをしたカウンターで、いつも見上げていた父の横顔。

「……そんなに似合いますかね?」

「見てのとおり。これはもう先生の帽子です」

そこまで言われて買わないわけにいかない。

「どうです先生、新しい帽子をかぶると、ちょいとどこかへ出かけてみたくなるでしょう?」

まぁ、ちょいと、そんな気にもなってきてはいたのだが。

「そういえば先生、あの万歩計のことなんですけど」

「〈二重空間移動装置〉でしょう?」

「ああ、そうでした。そうそう、あれです。あれね、先生はいったいどこへ行こうって決めたんです？　前からそいつが気になってたんです」

「いや、どこっていうわけでもなく」

それは本当にそうなのだった。私には望むべきコペンハーゲンだのイルクーツクだのという場所が思いつかない。

「まぁ、どこか遠く……ここじゃない、どこか遠くですよ」

「うん」

急に帽子屋さんは子供のような返事をして、それから何度も何度もひとりで頷いた挙句、

「遠く。いいねぇ」

しみじみとして、そうつぶやいた。

「どこか遠く。それでいいんです。決めない方が。終わりのない方がね」

そうして帽子屋さんは、ずずっと音をたててお茶をすすった。

「行き着かないくらい遠くってことですから。まったく本当に遠いところです

よ。うん。先生にはそれがある。わたしにもたぶんある。そこへ向けて毎日歩いてる。そういうことです」

私も黙ってお茶をすすった。

急に陽が落ちたのか、店の前の路地がいつのまにか青く染め上げられていて、遠く踏切の音が聞こえていた。

もう、すぐそこまで夜と風とが忍び寄って来ているようだった。

その夜、左の机でエスプレッソ・マシーンの勉強をしながら、そろそろ食堂へ行く時間かと時計に目をやると、部屋のドアがコツコツと小さな音をたて、すぐにまた何もなかったかのように静まりかえった。ノック？ それにしては力のない控えめな音だ。

コツコツ。

しばらくしてまた繰り返され、それから、どこか遠くにいるようなくぐもった声で、「奈々津です」とかすかにそう聞こえた。「先生、います？」

「はい、います！」

あわてて大きな声を出しながらドアに駆け寄り、「いますいます」とドアを開けると、不思議なことに奈々津さんがいつもより少し背が低くなった感じでそこに立っていた。

「あれ？　奈々津さん、ちょっと、背、低くなりました？」

「靴を買ったの。ぺったんこの。先生に合わせて」

「僕に合わせて？」

「そうなの。ちょっと中にはいってもいい？」

風もないのに、また胸がざわついたが、なんだかいつもより柔らかく小さくなっているような奈々津さんを見て、逆にこちらの気持ちが大胆になっていたのかもしれない。

「もちろんですとも」

〈雨の机〉をちょっと片づけて、奈々津さんには〈雨の机〉専用の椅子に座ってもらうことにした。その椅子だけが、他より少しだけ、すり減っていないのである。

「何か飲みます？」

「いらないの。おかまいなく。わたし、ちょっと先生にお願いがあって来たから」

今夜の奈々津さんの眉間には、一本としてしわが刻まれていなかった。

「それで靴も合わしたの。だってお願いするのに、上の方からものを言うなんて失礼でしょ？」

「いや、もう毎度のことで、僕は慣れっこだけど」

「でも合わしてみたの。そこんとこよろしく考慮してね」

奈々津さんは部屋の中をぐるりと見渡しながら「わたしの部屋とずいぶん違うのね」とひとりごとのようにつぶやき、それから「あっ、もしかして、わたしって、先生の部屋の最初のお客さんかな？」とうれしそうに笑った。

「いや、それが」

私は机の上のESPRESSOの文字をちらっと見て、「残念ながらそうじゃないんだ」と正直に答えながら、内心では舌打ちしていた。

「そう？　あ、でも女の人はわたしが最初でしょう？　違った？」

「うーん」

じつに悩ましい質問であった。

「違うの？」

「いや、それが僕にもよく分からなくて」

「そう……わたしが最初じゃないの」

「いや、たぶん最初だと思う。まず、そうだと思う。たぶん絶対」

「いいの、そんなことどっちでも。わたしはなにしろ、先生に頼みがあってきたんだから」

奈々津さんはそこでひとつ深呼吸をして、いよいよ何かを言おうとしかけたが、ふと窓の方に目を止めると、

「先生、あれなあに？」

指をさして私に尋ねた。

「ああ、それは親父の形見。手品の衣装でね。袖口だけなんだけど」

窓の脇にぶら下げてあったそれが、すきま風にあおられて小さく揺れ動いている。

「舞台の衣装ね」

「そう、いちおうね」

奈々津さんはそこでまたひとつ深呼吸をして、私の目をじっとまっすぐに見ると、「あのね、先生」と、小さな声で続けた。「あのね、わたしのお願いというのは、その舞台のことなの。あの……あの……私のためにですね、あの……お芝居をひとつ書いていただけないものかと」

思わず「えっ？」と言おうとしたが、

「えっ？ って言わないでね先生。もうただそれだけのことなんだから。書いてください、お願いします。このとおりです」

一気にまくしたて、それから奈々津さんはさらに体を小さくすると、手を合わせて、ぺこりと頭を下げた。

「そんなこと言っても」

「わたし、帽子屋さんに聞いたんです。先生が昔、お芝居書いてたって」

「いや、書いていたのは学生のころで」

「いいんです。書いてないよりずっとましです。書いてなかったとしても、書いてほしいくらいなんだから。ね？　わたしを助けてやってください。女優・奈々津を女にしてください」

「いや、でも……」

「いいの、先生。もうそこまで。いまはもうそれ以上何も言わないで。しばらく考えてください。しばらく考えてから、『よし、分かった。書くよ』、そう言って欲しいんです。ああ、わたしもうこれで帰ります。恥ずかしくなってきちゃった」

すっと立ち上がると、奈々津さんは小走りになってドアのところまで行き、それから、くるっと振り向いて、「あのね」と思い出したように言った。

「あのね、ひとつだけ補足しますけど、書いて下さるあかつきには、ぜひわたしを主役にしてやってほしいんです。というより、わたしじつは、ひとり芝居っていうのをやってみたいんです。ひとりだったら主役も脇役もないでしょ？これ、すごくいい思いつきだと思わない？　ね？　ああ、でも恥ずかしい。ああ、いや。さよなら、先生。おやすみなさい」

パタリとドアが閉まり、窓辺の袖口がふわりと大きく揺れ動いた。

耳をすますと、ペタンコペタンコと不器用に階段をおりてゆく足音が聞こえてくる。

その音が遠ざかり、まったく聞こえなくなったところで、私は「うーん」と唸って、両手で頭を抱え込もうとした。

そして気付いたのである。

あれからずっと、私は帽子をかぶったままなのであった。

奇跡

かつて父が舞台に立っていた劇場は、私の記憶よりも駅からそう遠くないところにあった。石造りの凝った装飾が施された建物はそのままだったが、いまは劇場ではなく、市が運営する美術館になり変わっている。そのことは母から聞いて知っていたが、いざ目の前にしてみると、あっけないくらい「ただそれだけのこと」であった。

劇場を改装し、美術館にした。

ただそれだけのことである。

こんな単純なことを確認するためだけに、私は二時間も列車に乗ってやって来たのかと思うと、どうにも虚しい気持ちになった。美術館の中を覗いてみようという気にもならない。むしろさっさとこの場を立ち去り、実家にちょっと顔を出したら、すぐに月舟町に帰ろうとそう決めていた。

なにしろ街の全体が変わってしまっている。

大きく変わったのではなく、それはほんの些細なずれのようなもので、本屋が別の名前になっていたり、舗道が明るい色になっていたり、やたらにタクシーが目立ち、英語まじりの標識が至るところに立ち並んでいたりした。

見知った街に立てば、その街のリズムが自然と体の中に甦ってくるものだが、甦ったものと、実際のリズムの微妙な違いが、ただ歩くことでさえ私を疲れさせる。

たぶんここへ来るのはもうこれで最後だろうと思い、劇場――いや、美術館の全体をもう一度眺めなおし、さあ帰ろうと踵を返した瞬間、不意に〈タブラ〉という文字が目の端をかすめたような気がした。

「タブラ?」としっかり見返してみると、間違いない、〈珈琲タブラ〉という小さな看板が建物の脇に立っていて、「B1F」という表記とともに赤い矢印が下を向いていた。矢印の先には地下への階段が口を開いている。

「タブラって、まさか」

吸い込まれるようにして、「まさか」と声に出しながら階段をおりてゆくと、おりたった地下の空気が、かつてそのままの懐かしい香りのままであることが全身にさっと伝わってきた。コーヒーの香りと、この場所以外にはない、何か特別な甘い匂いのようなもの。

信じられないことだったが、地下は劇場のときとほとんど変わらずに残っていて、楽屋こそないものの、あのドーナツのかたちをしたカウンターは昔と寸分違わず健在であった。木の床、白い壁、パイプ式の暖房、プラスティック板に書きこまれた壁のメニュー。懐かしいものたちが、あちらこちらに点在している。

「いらっしゃいませ」

と迎えてくれた人は、やはり昔と同じようにドーナツの円の中に立っていたが、その声も姿勢も顔つきも、あのころのタブラさんにそっくりそのまま同じように見えた。もちろん錯覚だろう。あれから三十年以上が経っている。ざっと計算しても、タブラさんはもう七十歳を超えているはずだ。

ならば、私は夢を見ているのかもしれないと思った。

夢なら覚めるな。覚めるな。もう少し。とつぶやきながら、私はカウンターの椅子に座り、あらためて床と壁とカウンターをゆっくり眺めまわしてみた。他に誰も客がない。静かで、それだけが当時とまったく違っていた。かつてのこの場所には、いつでも頭上から響いてくる舞台の声や音楽が充ちていた。

そしてもうひとつ、あのころと決定的な違いがあって、それはあの不思議なかたちをしたエスプレッソ・マシーンがもうそこにはない、ということだった。カウンターの中のマシーンはこのあいだのカタログで見た新しいものに変わっていて、私の目には、やはりどうしても不釣り合いなものにしか映らなかった。

それでも、何を注文しようかとメニューを見たとき、やはり、「エスプレーソ」と、口が自然に動き、「砂糖はいらない……です」とつけ加えた。

「はい」

カウンターの中の人はそう応えたが、そう言ったまま、私の顔をじっと動かずに見ている。私もそのまま彼の顔を見ていたが、

「あの……」

と、彼がおそるおそる言うのに、

「ええ」

と、応えると、

「手品師の……」

と、彼が私の目を覗きこむようにしているので、

「ええ、そうです。手品師の……僕は息子です」

そう応えた。

「やっぱり。そうですか。ぱっと見てすぐそう思ったんですが、息子さんとは思わなくて。僕はまた手品師のおじさんが若返って出て来ちゃったのかと思ったんです。でなければ夢かなと。夢なら覚めるな、って思ってました」

「僕もですよ。あなた、タブラさんの……」

「息子です」

「そうですか、やっぱり。タブラさんは？」

「亡くなりました。もう三年になります」

「そうですか」

「ここが美術館になるというとき、親父がずいぶん食い下がって、なんとかこの一角だけ残してもらえたんです」

「奇跡ですね」

「まったくです。親父が異常なくらいこの店にこだわったのも、僕からすると嘘みたいなことでしたが。でも、ずいぶん経ってから分かったんですが、親父は自分が店を続けたくてねばったんじゃなく、この場所に昔いた人たち、芸人さんや役者さん、皆さんへの思いがあってのことだったんです」

彼は、デミタスカップをひとつ手にとると、白い布で包み込むようにしてそっと磨き始めた。

「皆さんが、タブラ、タブラって可愛がってくださったと、いつも親父、そう言ってました。それで店の名前も〈タブラ〉に変えたんです」

「上の看板見て、まさかとは思ったんだけど」

「親父を知っている方は、皆さんそうおっしゃりながら階段をおりてきます」

彼は笑いながらそう言った。

「僕は二代目タブラというわけです」

「そっくりですよ、昔のお父さんに」

「そうみたいですね。でも、僕は親父が若いときの顔をあんまり覚えてないんです」

「ここへは来ていなかった？」

「いや、毎週来てました」

「そうですか、僕も土曜と日曜に必ず来てましたよ、父に連れられて」

「僕は水曜だったんです。学校が終わって、塾へ行く前にちょっとここに寄って、ジュースかなんか飲ませてもらって。そうすると、いつも手品師のおじさんがいて、何か面白い話を聞かせてくれるんです。だからおじさんの顔はよく覚えてますよ。でも親父の顔は見てなかったな……なんだか、親父はいつも小さくなっていて、情けない頼りない感じでしたから」

確かにそのとおりだった。私の記憶の中にあるタブラさんは、いつでもものの静かで、大きな声を出したり、大げさな振舞いをしたりすることなど、一度としてなかったと思う。

「いま思うと、もっと親父をよく見ておくべきでしたよ。店のこともね、もっと教わっていたらよかったんですけど」

彼はエスプレッソ・マシーンの前に立ち、いくつかのスイッチを押してから、息を止めて慎重にカップを設置した。

「親父が死んだとき、なんとなく取り残されたような気がしたんです。まだいろんなことを教わっている最中だったんで。でも、親父、よく言ってました。もし、電車に乗り遅れて、ひとり駅に取り残されたとしても、まぁ、あわてるなと。黙って待っていれば、次の電車の一番乗りになれるからって」

マシーンが音をたてて動きはじめ、しばらくすると珈琲豆の香りが湯気をともなって、それこそ雲のようにあたりに満ちあふれた。

「だから、まぁ、いまは次の電車を待ってるところです。はい、出来上がりました」

カウンターの上に小さなカップに注がれた「エスプレーソ」が置かれ、それが光を集めて小さく輝いているように見えた。

「親父のいれたエスプレッソは飲んだことありました?」

「いや、子供だったから」

「そうか。子供の飲むもんじゃないですもんねぇ」

「そう。こればっかりは父だけのもので」

「じゃあ、初めてですね」

「初めてです」

「もうこれは親父の味じゃないんだけど」

「二代目の味」

「そう。だから、おじさんがいつも飲んでたエスプレーソとは、また違うものです。申し訳ないですけど」

「いや、こっちも二代目なんだから、それでいいんです。いただきます」

父がそうしたように、私はふうっとカップ全体に息を吹きかけると、呷るようにしてぐいっとカップを傾け——、

「うん。苦い。旨い」

「おじさんも、よくそう言ってました。苦い。旨い。苦い。旨いって……まだ、そのあたりにおじさんの声が残ってるみたいな気がしますよ」

彼は、タオルで手を拭きながら店の中をゆっくり見まわした。

「ところで、あなたはいま何をされているんです？　手品ですか？」

「いや、僕は手品はまったく。書く方の仕事で……でもまぁ、似たようなもんです。労働するのは手だけだし、小さなものを大きく見せたりして、ときには何もないところから花を咲かせたりしなくちゃならないし」

「夢のある仕事じゃないですか」

「いや、手品師っていうのは、種や仕掛けを知ってるから。じつは孤独な商売

なんです。いつでもひとりだけ駅に取り残されている気分です」

　そこで私は少し笑ったが、彼はまるで笑おうとしなかった。

「そういえば、おじさん、ときどき寂しそうな顔してましたよ」

　彼もまた寂しそうな顔をして、ぽつりとそうつぶやいた。

「顔っていえば、僕は父に似てますかね？」

　そう訊いてみると、

「そうですねぇ、まあ、ちょっと面影ありますが」

　少し首をひねりながら彼はそう答えた。

「でもさっき、僕の顔を見て、すぐ父のことを思い出したみたいですけど」

「ああ、それは」と、彼は私の頭の上の方に視線を移し、「その帽子」と、懐かしむような目になって言った。

「おじさんのと、そっくり同じだったから」

実家に帰ってみると、玄関のドアを開けたとたんに母の話が始まり、私が靴を脱いで茶の間に上がり、父の仏壇に手を合わせている間も延々と話が続けられた。母はもともと口数が少ない方だったのに、父が死んでから、父が乗り移ったのではないかというほど饒舌になっていた。話し始めると止まらないらしい。

近所の猫のモルト君がこのごろ耄碌して塀に登れなくなった話。生まれて初めてパチンコをやってみたという話。このあいだ読んだ本がどんなに良かったか、このあいだテレビで見た昔の映画がどんなに懐かしかったか、昨日はこいらで一番大きなスーパーに行って、ひとりじゃ食べきれないくらいの大きな生鮭を買って食べたけど、すごくおいしかった、まだ残ってるからあんたも食べる？　いらない？　え？　今日は泊まっていかない？　仕事なの？　せっかく布団干しておいたんだけど。えっ？　エスプレッソ？　って、なんだったかしら？　車の名前？　ああ、珈琲の名前ね。あ、そうそう珈琲ならおいしいのがあるのよ。飲んでみる？　え？　ああ、飲んできたの。そうなの。それにしてもあんたガールフレンドとかどうなの？　仕事もいいけどね。そういえばそう、こないだお父さんの引き出しを整理してたら、あんたが言ってたお父さんの小説、出てきたのよ。

「えっ？」

母の話を適当に聞き流しながら新聞を眺めていた私の耳に、とつぜん聞き捨ててならない言葉が飛び込んできた。

「小説？　ほんとに？」

「小説って言ったって、あんた、ろくなもんじゃないのよ。実際、書いちゃいないのよ。書こうとは思ったらしいんだけど。ちょっと待って、出してくるから」

狭い家の中なのに、母は走って奥の部屋へと消え、何かをひっくり返しているような音がドタバタと聞こえてきた。

しかし、どういうことなのだろう。書こうと思った？

「あったあったあった」

すぐに走って戻ってきた母は、「これなのよ」と袋の中から束になった原稿用紙をとり出し、「ほら、これ」と言いながら拡げて見せてくれた。

〈題、未定〉

一枚目にそう大きく書いてあり、その下に父の名前がやはり大きく書き添えてあった。万年筆のダークブルーが、わずかに滲んでいる。

二枚目には、ただ「第一章」とだけあり、三枚目には、それが書き出しなのだろう、たった一行だけ、

種も仕掛けもございません。

と書いてあった。

四枚目も五枚目も六枚目も、あとは何ひとつ書いてない。

「ね？　変なものでしょう？」と母は、本当に訳が分からないという顔をして首を小さく振っていた。「種と仕掛けだらけの人生だったくせにねぇ」

黙って頷きながら、私は何度もその一行を繰り返し読んでみた。

父は何を書こうと思ったのだろうか。本当に種も仕掛けもなく、自分の何事

かを書き置いておこうとでも思ったのか。それとも、最後の最後まで、一介の手品師として、この古典的な前口上を謳い上げたかっただけなんだろうか。分からなかった。

その日の最終電車に乗り、私はまた二時間をかけ、列車の暗い窓を見つめて帰ってきた。

時おり、窓の向こうにぽつりとひとつ灯が流れたが、それを除けば、延々と私は窓に映りこんだ自分の顔ばかり眺めていたことになる。

ふと、星をひとつ描いて、一円の報酬を受け取る仕事のことを考えた。

それから、壁の中に消えたオノレ・シュブラックのことを思い出した。

そして最後に、自分の顔の向こうに奈々津さんの顔がぼんやり重なってきて、

「あのね、先生」と小さな声で話しかけてきた。

「しばらく考えてから、『よし、分かった。書くよ』って言って欲しいんです」

それだけ言うと、あっさり窓の向こうに流れて消えてしまった。

私はため息をつきかけて、それを喉元でおさえてぐいと飲み込んだ。

もう、ため息をつきたくない。

しかし、「書くよ」と返事してしまって、それを私は本当に書き始めることが出来るのだろうか。

私は帽子を目深にかぶりなおし、そうしてまた窓を見つめ続けた。


月舟町に帰り着くと、いつものように商店街は暗く寝静まっていて、いつものように果物屋の淡い光だけが灯っていた。

いつもと違うのは、店先に小机と椅子とストーブを出してきて、読書家の青年店主と、彼に本を供給する古本屋の親方が杯を傾けていたことだった。

「おう、雨降りの先生」

デ・ニーロの親方は、いつもよりさらに声が大きくなっていて、頭に手ぬぐいを鉢巻きのようにして巻き付けていた。

「ちょうどいいとこに来たねぇ。いまさっき開店したばかりよ」

「開店？」

「そう、この町には屋台ってもんがないだろ？　風呂の帰りに屋台で一杯できねぇ町なんて、ろくでもないじゃねぇか。だからね、俺はこの青年とふたりで、ここでこうして屋台を開いたわけ。な？」

「そういうことなんです」

と、果物屋の彼も少し酔っているのか、なんだかいつもより、にやけたような顔になってスルメを齧っている。

「先生もそこへ座んなさい」

親方が、地べたに置いてあった一升瓶を取り上げ、「まぁ、大したつまみもないんだけど」と言いながら、そこらへんにあったコップに零れんばかりの一杯をついでくれた。

「今日な、昼間、豆腐屋へ行って、あそこの親父をちょっと脅してさ、油揚げの刻んだやつを奪い取って来たわけさ。そいつをちょいちょいと俺が甘辛く煮てきたんだけど」

それが、ストーブの上の鍋の中で湯気をたてていて、つまんでみると、びっくりするくらい良い味がしみこんでいた。

「な？　俺はこいつが好きでねぇ。こんないいもんないね、まったく。これさえあれば、すべて人生は上々よ」

そう言う親方の息がはっきりと白くけむり、気付くと、私の吐く息もいちいち白くなっていた。本格的な寒さが、空の上から忍び寄っている。星がちらちらと光っていた。

「寒さが来たんですねぇ」

青年もまた、白い息を吐きながら嬉しそうだ。

「チェーホフが読みたくなります」

「おい、青年」と、親方が不機嫌そうな声で彼を睨みつけ、「俺の前で本の話をするでない。俺はな、いま本のことなんか一切忘れちまいたいんだ。な？

いまは、油揚げのこと以外、何も考えちゃいかん。な？　分かったな？」

「分かりました」

私もそうすることにした。

そうすることにしたが、実際のところ、三人とも油揚げのことなど考えていなかったに違いない。

いま、どこか遠くの闇の中を列車が行き過ぎるとしたら、われわれ三人を包んでいるこのちっぽけな灯は、列車の窓にほんの一瞬かすめるだけなんじゃないか？

私は、そんなことばかり考えていた。

つむじ風

エスプレッソ・マシーンの原稿の締め切りが迫っていた。

原稿をまとめながら、私は幾度かぼんやりとペンを置き、タブラさんの息子がエスプレッソ・マシーンについて話してくれたことを思い起こしていた。

「不思議なことが起きたんです」

神妙な顔になって、彼は言っていた。

「親父の葬儀を終え、さて店を再開しようというときになって、それまでずっと店で使ってきたエスプレッソ・マシーンが突然動かなくなってしまったんです」

そのマシーンとは、言うまでもなく、少年時代の私を魅了したあのマシーンのことである。

「途方に暮れました。うちはエスプレッソが売りでしたから。それもあのマシーンと親父の腕があってのことです。親父は死んでしまったのだから仕方ないとしても、まさか機械まで一緒に失うことになるなんて」

彼の話を聞きながら、いつもマシーンと一体化していたタブラさんの姿を頭に描いていた。

「でも、少しして、もしかするとこれは親父からのメッセージじゃないかと思い始めたんです」

「メッセージ？」

「いや、もちろんこれは僕の勝手な思いこみなんですが、なんというかつまり……親父は、お前はお前で、自分の手でやってみろ、そう言っているんじゃないかと」

「それまでお店は一緒に続けてきたんですよね？」

「ええ。でも、やっぱり親父が生きているうちは親父の店でしたから。僕はまだ、何ひとつ身についていなかったんです」

そう言って彼は、少し間を置いて息をつくと、タブラさんにそっくりの声でこうつけ加えた。

「何かを引き継ぐというのは本当に難しいことで……いまごろになって、ようやくそれが分かってきました」

そのときの、何か嬉しそうで寂しげな彼の顔が、私の頭の中に何度も浮かんだり消えたりしていた。しだいに頭がぼんやりとし、ぼんやりするあまり自分の頭ではないような気さえしてくる。

ときどき私は、そんなふうに頭がどこかに行ってしまうことがあるのだ。

「心ここにあらず」という言葉があるが、私の場合、「頭ここにあらず」とでも言えばいいか。

こうなってくると、いっこうに原稿が進まなくなってしまう。気分転換の散歩に出てみても、頭だけが散歩についてゆかなくて、目は風景を追っているのに、頭に届かない。あるいは、頭だけが肉体から離れ、何かもっと別の散歩をしているように思える。

考えてみれば、私にはそもそも、〈二重空間移動装置〉など必要なかったわけである。


「ええ、それは、誰だってそうなんです」

そう言いきったのは、散歩の途中で立ち寄った果物屋の彼であった。

「べつに、頭と体が分離しなくても、誰もがここに居ながら、同時にどこか別の場所に居るんです。最近、僕はとうとうそういう結論に至りました」

結論？

「むずかしく聞こえるかもしれませんけど、そうじゃないんです」

彼は、例のオレンジをひとつ手にとると、

「たとえば、いまここにオレンジがひとつあります。ありますね？」

念を押して訊くので、私はまるで手品が始まるときの子供のようにこっくり頷いて、「ある」と応えた。

「いいですね？　確かにここにこうしてあります。でも先生、ここってなんでしょう？　このオレンジにとって、ここってどこのことなんでしょう？」

「うーん……」

　唸ってしまったが、「まぁ、だいたいこのあたり」と、オレンジのまわり半径一メートルくらいの範囲を、私は自信なく示してみせた。

「どうしてです？　どうして先生は、それがここだと言い切れるんです？」

「さあて……なんとなくとしか言いようがないんだけど」

「でしょう？　じつは僕にもこの答えは分からないんです。というより、これには正確な答えがないんですよ、きっと」

「ふうむ」

「ですからね、僕たちはいまこうして月舟町の果物屋に居るわけですけど、同時にコペンハーゲンにも居るわけなんです」

「そうなの？」

「だって、地球の外から眺めたら、月舟町とコペンハーゲンは隣みたいなもんですから」

「そうだっけ？」

「このオレンジを地球だと考えてみればよく分かります。地球全体ひっくるめて、掌の上に乗るここなんです」

そういえば、私もついこのあいだ、「夜は宇宙である」などと、スケールの大きなことを考えていたのに、ここが「地球」というひとつの場所だとは思いつきもしなかった。

「でもね先生、もっとスケールを大きくしてみましょう」

「もっと？」

「たとえば宇宙の果てを想うんです」

「ああ……それはね、ときどき想ってみるんだけど、それこそ頭がどこかにいってしまう感じがして」

「そうなんです。僕も同じですよ。でも、それってどうしてなんだと思います？」

「いや、だから、その『どうして』を考え始めるとね……」

「頭がなくなるというより、頭だけが残って、自分がどこにいるのか分からなくなる感じじゃないですか？　心もとないような」

「……ふむ」

無意識のうちに私は腕を組んで眉間にしわを寄せていた。腕など組んでどうなるわけでもないのに、なぜ人は疑問を前にすると腕を組んでしまうのだろう？

「僕が思うに、その心もとなさの原因は、ここが消滅してしまうことによるんじゃないかと」

彼はそう言って静かに目を閉じると、外国映画に出てくる若き天才科学者のような横顔をみせた。

「消滅？」

「つまりですね、果てを考えるということは、すなわち、ここを規定することになるんです。ここがどこまで続いているのかを示すことが出来れば、その先が果てですから」

「じゃあ、規定すればいいわけだね」

「いや、だから先生、さっき訊いたじゃないですか。ここってどこのことですか？って」

「ああ、そうか」

「でも、先生も僕も答えられませんでした」

「どうしてなんだっけ？」

「たぶん、こんなふうに考えれば考えるほど、ここがどこまでも拡大されてしまうからなんです。宇宙というのは、人が考えるぶんだけ拡がってゆくもので、それが怖いところなんです。だから仕方なく『果てはない』という結論を出してごまかすんですが、そうすると今度はここが消滅してしまいます。果てがないとなると、ここだってないわけですから」

ううむ。

「だから、自分が心もとなくなるんですよ、きっと」


食堂でその話をしてみると、帽子屋さんは、

「分かるけど、分かりませんねぇ」

ひとことだけそう言って、顔も上げずにスプーンを口に運んでいた。

じつに珍しいことであった。

普通こういう話題になると、帽子屋さんは得意になって自論を演説するはずなのに、

「うまいなぁ、このオムライス」

それだけしか言わなかった。

「この、とろっとした卵の具合がいいやねぇ」

宇宙より卵に夢中らしい。

「いや、そんなことより何より先生ね」

帽子屋さんの喉がごくりと鳴って、喉仏の内側をオムライスが通過してゆくのがはっきりと分かった。

「どうするんです？　奈々津さんのこと」

「え？」

「奈々津さんに何か頼まれなかったですか？」

「あれ？　なんで知ってるんですか？」

「ちょいとね。奈々津さんから聞いちゃいました。先生には絶対に内緒なんて言ってましたけど」

注文したサーモン定食が運ばれてきて湯気が上がり、その向こうで帽子屋さんが、

「知りませんよ先生。安請け合いして痛い目にあっても」

そう言いながらナプキンで口を拭っていた。

「だって、元はと言えば、桜田さんが奈々津さんに余計なこと話したからなんですよ」

「いや、そもそも先生がわたしに話したんです。昔、芝居を志してたって」

確かにそうだけど。

「もうじき来ますよ、奈々津さん。『今晩は』って。ほうら、本当においでなすったかな？」

そう言って、帽子屋さんが目を見張ったとたん、

「今晩は」

威勢のいい声が聞こえ、髪がくしゃくしゃになった奈々津さんが何かに追われるようにして食堂に駆け込んできた。

「なんだか風が出てきて」

そう言いながら急いで髪を撫でつけ、

「おす」

まったくいつもと同じようにこちらに合図をひとつして、少し離れた席に「ふう」と腰をおろすなり頭をぶるぶる猫のように振った。いつもどおりの向こう向きである。

食堂で奈々津さんの後ろ姿を見るのは、何日ぶりかのことだった。故意か偶然か、私と奈々津さんはわずかな時間を経てすれ違っていたようで、

「いま、奈々津さん帰ったところです」

サエコさんが残念そうな顔で報告するのを聞き、そのたびに私は少しほっとしたような思いになっていたのである。

ただ、二日前の夜に、こんなことがひとつあった。

屋根裏で夜おそくまで仕事をしていたら、急に風が強くなってきたのに気付き、外の様子を確かめるため窓を開けて路地を見おろすと、そこに、背筋を伸ばしてまっすぐ歩いてゆく人影がちらりと見えたような気がした。

いまのは……。

首を伸ばして確認しようと思ったとたん、「先生？」というかすかな声が聞こえ、小走りに戻ってきた人影がひょいとこちらを見上げたので、反射的に私は窓の影に身を隠したきりじっと固まってしまったのである。

「そこにいる？」

ほとんどこちらに届かないようなかすかな声だったが、間違いなく奈々津さんの声だった。

それなのに、私はそれに答えなかった。なぜだか声が出なくて、そのことが、それからずっと指先に刺さった刺のようにちくちくしていた。

「ねぇ、先生」

突然、耳元で桜田さんが大きな声をあげたので、私はあわててコップの水をこぼしそうになってしまった。

「さっきの話ですけどね」

「さっきの？」

「いや、宇宙の話。わたしね、思いますけど、やっぱりここは、、、ここであって、遠くは遠くじゃないと、どうも……」

オムライスを一皿平らげただけで、酔っているはずもないのに、桜田さんの声は重心が定まっていないように思えた。

「こないだ話したばかりじゃないですか、わたしたちは遠くを目指して歩いてるって」

ふと見ると、桜田さんは少し情けないような、ほとんど泣き出すのではないかという顔をしている。

「この世のどこもかしこもが、全部ここだったら、わたしはなんだかつまんないですよ」

目を逸らしたまま、私の顔を見ようとしなかった。

「宇宙がどうであっても、やっぱりわたしはちっぽけなここがいいんです。他でもないここです。ここはちゃんとここにありますもの。消滅なんかしやしません。わたしはいつだってここにいるし、それでもって遠いところの知らない町や人々のことを考えるのがまた愉しいんです」

「わたしもそうだな」

背中のままの奈々津さんが、バサバサと新聞を拡げながらそう答えた。

「わたしもここが好き。先生は？　先生ちゃんとそこにいる？」

そこにいる？　と訊かれてドキリとしたが、私はすぐに、

「いますよ。ここに」

と、そう答えた。

「ずっとここにいます」

そう答えていた。


食堂を出ると、つむじ風がひとつ十字路の真ん中でくるくる廻り続けていた。

それを、店先で置物のようになって座っているオセロがじっと見ている。

「先生、さっきのつづき。ここの定義ってやつですけどね」

桜田さんが思いついたように口を開き、

「あっちこっちから風が吹いてきて、それがくるりとひとつのつむじ風になるでしょう？　それが、ここってやつじゃないですか？」

「小さな交差点」

奈々津さんがそう言った。

「いや、なんだか恰好良いこと言っちゃったかな」

桜田さんは照れて笑い、

「じゃ、また明日」

そう言い残して、南へ伸びる道の奥へゆっくり遠ざかっていった。

その大きな背中を見送って、私と奈々津さんは黙って東への道を歩き始めた。

「先生、このあいだ」

奈々津さんは、前を向いて、きりっと背筋を伸ばして歩いていた。

「窓から見てたでしょう？　わたし、路地に影が動くの見てすぐに分かっちゃった」

うんうんと、私は黙って頷くより他ない。

「窓に声かけてみたけど、答えがなかった」

また、指先がちくちくと疼き始めた。

「あのね、わたしが変なことをお願いしちゃったことで、先生が苦しんでいるのなら、あれはもうすっかり忘れてください」

「いや、そうじゃなくて」

私は少し歩をゆるめながら、一歩一歩自分の足音を確かめるようにして歩いた。

「そうじゃなくて、少し考えてからって、奈々津さん言ったでしょう？　その『少し』の加減がよく分からなくて、分からないまま、ずいぶんじっくり考えちゃったんです」

「もちろん、じっくり考えてくださってもいいんですけど」

奈々津さんは少し笑っているようだった。

私もなんだかおかしくなってきて、笑いながら、

「いや、本当を言うと、じっくりなんて考えてなくて、エスプレッソ・マシーンだの、宇宙の果てのことなんかを考えてばかりで」

素直に白状することにした。

「考えたのはほんの少しだけなんです。あとはただ、どんなお芝居を書いたらいいのかと」

「本当に？　わたしはてっきり……」

　奈々津さんはそのまま声が途切れて、あとが言葉にならない様子だった。まっすぐ前を向いていた頭がいつのまにか下を向いている。

「どんなお芝居にしましょう？」

　今度は私が奈々津さんの答えを待つ番だった。

「すぐ答えなくてもいいんです。少し考えてからで」


　屋根裏に帰ると、机の電気スタンドがつけ放しになっていて、書きかけの原稿が床に落ちてあちこちに散らばっていた。

　よほど、頭がぼんやりしていたのだろう。

　窓が少し開いたままで、そこからはいりこんだ風が机のものを巻き散らしてしまったようだった。

　窓の向こうに月と星と町の灯が見える。

いつもの拍子木の音が聞こえたが、いつもの犬の遠吠えは聞こえなかった。犬は宇宙に果てがないことを悟ってしまったのかもしれない。

原稿を拾い集めて束ね、念のため他に何か飛ばされていないか床の隅々までを点検した。無くしてしまったと思いこんでいたサスペンダーが箱ごと見つかり、ボールペンのキャップと五円玉が発見された。

また風が出てきたのか、窓からはいりこんできた風が部屋の中で小さなつむじを描き、部屋の中の軽やかなものたちを揺さぶってあっという間に逃げ去っていった。その風の姿かたちが私にははっきり見えるような気がした。

そんなふうに風は、怪盗のように現われ、あるものをなびかせ、あるものをどこか彼方へ持ち去っていったかもしれない。

それに気付いたのは窓を閉めようとしたそのときだった。

「あっ」と声が出た。

昼間たしかにそこにあったはずのものが跡形もなく消え去っている。

袖口。

窓際の壁に鋲で止めてあったそれが消えてなくなり、鋲だけが星のようにひとつ光っていた。

急いで窓から首を突き出し路地の隅から隅まで見おろしてみたが、探すまでもないと私にはすぐ分かった。袖口は、風にあおられてするりと外れ、そのまま風に乗って部屋の中を周遊し、自由になった鳥がそうするように窓から飛び立っていったのだろう。

いや、飛び立っていったというよりも、それはもうすっかりこの世から消えてしまったに違いない。

私にはそれが見えるようだった。

いつでも、そうだったのだから。

いつでも沈黙のうちに、ふたつの手は優雅に宙を泳ぎ、およそあらゆるものをこの世から消し去ってみせたのだ。その魔法の手が、あのオノレ・シュブラックのように、ついに自らを消滅させたとして、いったい何の不思議があるだろう？

私は、繰り返し読んだ「たった一行」を思い出し、その声がひとしきり部屋に充ち、そうして最後に私の耳の奥へと静かに吸い込まれてゆくのを聞いていた。

何も残らなかった。

あざやかな消滅。

それが、私の見た父の最後の手品だった。

＊85頁・8行目〜11行目は、
『無名氏の手記』長谷川四郎・著（みすず書房）
より引用しました。

月舟町余話——あとがきにかえて

地図上のどのあたりにあるかはともかくとして、〈月舟町〉と呼ばれる町はたしかにある。

「でも、それは作者の頭の中だけにあるのでしょう?」

この本を読んだ何人かの友人にそう指摘された。

「ええと……」と言いかけ、主人公の口ぐせを思い出して苦笑する。

「頭の中にあるなら、それだけの理由がある」

そう答えたかったが、ぐいと飲み込んで難しい顔をしておいた。言いかけた言葉を飲み込むと腹が空いて仕方ない。

では、食堂へ。

奇しくも、また夜である。

友人たちにどう答えたらいいか、先生や桜田さんに訊いてみたい。いや、その前に果物屋に立ち寄り、読書家の青年店主の意見に耳を傾けようか。

親方の古本屋は残念ながら閉まっている。豆腐屋の水門も静まり返り、銭湯の仕舞湯が足もとの下水管を流れ、夜中のせせらぎになって聞こえる。

銭湯のすぐ裏手は路面電車の線路である。終電は行ってしまったろうか。子供のころ、闇をかいくぐるようにこっそり裏へまわり、指先に刺さるバラ線ごしに電車の後ろ姿を眺めた。それが湯上がりのひそかな楽しみだった。夜ふけの電車はいつ見ても胸が高鳴ったものだ。レールが闇の奥へ延び、その向こうに何やらとても遠いところがあるように思えた。

「それは難しい問題ですねぇ」と、案の定、青年店主は答えた。彼の頭の中には、「易しい問題」など存在しない。誰もが即答するようなことでさえ、彼は三日三晩考え抜いて、「やっぱり分かりません」と残念そうに首を振る。

「簡単なことほど、難しいです」

「じゃあ、難しいことは？」

「それもやっぱり難しいです」

「食事は？」

「まだです」——これは即答。

「では、食堂に」

いざ、食堂に。考えるばかりでは埒があかない。といって、食べるばかりでは考えが進まない。が、食べながら誰かと言葉を交わすうち、難しいことが簡単に思えてくることがある。食堂とはそういうところだった。

食堂の先客は、帽子屋の桜田さんがひとりきり。

「え？ 先生？ いや、ここんところ見ないねぇ」

桜田さんは片付いたテーブルでポルトガルの甘い酒を飲んでいた。メニューブックの終わりの方に安食堂には場違いなワインが並んでいるのは知っていたが、ポルト酒まで用意してあるとは。

「いや、ありませんよ、そんなもの」

桜田さんは鼻を赤くしながらニヤニヤしていた。

「あたしの自前です」

「コペンの次はリスボンですか」と青年店主がすかさず茶々をいれる。

「そう」と桜田さんはグラスをテーブルに置き、「あそこは西の果てですよ」

と、さらにニヤついてだらしない顔になった。

「あ、それで思い出しましたけど」——青年の目が輝き始めていた——「北と南にはそれぞれ極がありますけど、どうして東と西にはないんですかね」

「ないんだっけ？」と桜田さんがこちらを向いて訊く。

「ええと……ない……と思いますけど……」つい語尾が曇ってしまう。

「そうなんですよ。北と南はどこにいても同じなのに、東と西は今いる場所で変わってくるんです」——青年は腕を組んできりっとした横顔を見せた。

「いや、そこが面白いんじゃないの？」

桜田さんは上着のポケットから手品のようにグラスをふたつ取り出し、

「まぁ、一杯、ポルトガルを」

テーブルに並べて、とろりと酒を注いでくれた。

「何でもかんでも、きっぱりしてたらつまらんでしょう？　北と南とふたつもありゃあ充分ですよ。残りのふたつはどうぞ御自由にと神様が手を抜いてくれたんです。というかね――」こうなると、桜田さんは止まらなくなる。

「というか、あれですよ、こっちが西を望むだけじゃなく、あっちからもこっちを見てる。それに、あっちにもいろいろあるんです。西を望むことに飽きて、ふと振り向いたら、背中の方から見てる目がある。この場合、あっちから見れば、こっちが西で、あっちが東なんです」

「ややっこしくて、さっぱり分かりません」

青年はひと息にポルトガルを――いや、酒をあおった。

「同じことだよ――と神様は言ってるんです、たぶん」

腹が鳴った。

議論は空腹のまま続き、こちらが訊こうと思っていたことはポルトガルの酔いに紛れてしまった。千鳥足で家路をたどり、友人たちに何と答えようかと、かろうじて作動している頭のてっぺんが考えた。

都会の貧しい夜空を見上げると、星が目玉に見え、そこにもまた視線があることに気づく。

「同じことだよ」と神様――ではなく桜田さんが言っていた。

なるほど、それが答えかもしれない。

＊

筑摩書房の松田哲夫さんと中川美智子さん、お二人と食堂のテーブルで話すうちにこの本はできあがりました。深い感謝をこめて。

吉田篤弘

この作品は二〇〇二年十二月に筑摩書房より刊行された。

ちくま文庫

つむじ風《かぜ》食堂《しょくどう》の夜《よる》

二〇〇五年十一月十日　第一刷発行
二〇〇九年十二月十日　第十五刷発行

著者　吉田篤弘（よしだ・あつひろ）
発行者　菊池明郎
発行所　株式会社　筑摩書房
東京都台東区蔵前二―五―三　〒一一一―八七五五
振替〇〇一六〇―八―四一二三
装幀者　安野光雅
印刷所　株式会社精興社
製本所　株式会社積信堂

乱丁・落丁本の場合は、左記宛に御送付下さい。
送料小社負担でお取り替えいたします。
ご注文・お問い合わせも左記へお願いします。
筑摩書房サービスセンター
埼玉県さいたま市北区櫛引町二―六〇四　〒三三一―八五〇七
電話番号　〇四八―六五一―〇〇五三

ISBN4-480-42174-2 C0193